历代笔记小说大观

湘山野录 续录
玉壶清话

[宋] 文莹 撰　黄益元 校点

图书在版编目(CIP)数据

湘山野录　续录·玉壶清话／（宋）文莹撰；黄益元校点. —上海：上海古籍出版社，2012.12（2023.8 重印）
（历代笔记小说大观）
ISBN 978-7-5325-6365-4

Ⅰ. ①湘… Ⅱ. ①文… ②黄… Ⅲ. ①笔记小说-小说集-中国-宋代 Ⅳ. ①I242.1

中国版本图书馆 CIP 数据核字（2012）第 045490 号

历代笔记小说大观

湘山野录 续录　玉壶清话

［宋］文　莹　撰

黄益元　校点

上海古籍出版社出版发行

（上海市闵行区号景路 159 弄 1-5 号 A 座 5F　邮政编码 201101）

（1）网址：www. guji. com. cn

（2）E-mail：guji1@guji. com. cn

（3）易文网网址：www. ewen. co

常熟文化印刷有限公司印刷

开本 635×965　1/16　印张 8.5　插页 2　字数 113,000

2012 年 12 月第 1 版　2023 年 8 月第 2 次印刷

印数：2,101—3,200

ISBN 978-7-5325-6365-4

I·2519　定价：22.00 元

如有质量问题，请与承印公司联系

总　目

湘山野录 续录

［宋］文　莹　撰

黄益元　校点

校 点 说 明

　　《湘山野录》三卷,《续湘山野录》一卷,宋文莹撰。作者生平事迹未见传记,仅其所撰《湘山野录》、《续录》、《玉壶清话》保存了一些零星资料可供稽考叙录:文莹,宋钱塘僧,字道温,一字如晦,尝居西湖菩提寺,后隐于荆州金銮寺。工诗,喜藏书,尤潜心野史,注意世务,多与士大夫交游。据刘挚(1030—1097)《忠肃集》言,嘉祐、治平、熙宁年间,与文莹“相与周旋二十年”。则文莹主要活动于北宋仁宗、英宗、神宗朝。

　　《湘山野录》、《续录》是记载北宋见闻杂事的一部随笔,于神宗熙宁九年(1076)作于荆州,故以“湘山”名书。全书共一百六十五条,涉及北宋太祖至神宗六朝间政治经济、军国大事、外交活动,以及名公显宦杜衍、宋祁、夏竦、丁谓、杨仁、晏殊、寇准、范仲淹等人的逸闻轶事,有较高的史料价值。“太宗即位”条绘形绘声地描述了正史讳莫如深的“烛影斧声”始末,显出“野史”的胆识和本色。其他如文人雅士诗文酬酢、高僧道士举止行藏、稀珍异宝、鬼怪奇闻等等,亦具有文学、宗教、民俗研究价值。

　　本书版本明清以来有《津逮秘书》本、《四库全书》本、《学津讨原》本、《学海类编》本、《说库》本等。现以《津逮秘书》本为底本进行校点,遇异文参诸本对照,择善而从,不出校记。

目　　录

湘山野录卷上

真宗即位之次年,赐李继迁姓名,而复进封西平王。时宋湜、宋白、苏易简、张洎在翰林,俾草诏册,皆不称旨,惟宋公湜深赜上意,必欲推先帝欲封之意,因进辞曰:"先皇帝早深西顾,欲议真封,属轩鼎之俄迁,建汉坛之未逮。故兹遗命,特付眇躬。尔宜望弓剑以拜恩,守疆垣而效节。"上大喜,不数月,参大政。

皇祐中,明堂大享。时世室亚献无宫僚,惟杜祁公衍以太子太师致仕南京。仁宗诏公归以侍祠。公已老,手缮一疏以求免。但直致数句,更无表章铺叙之饰,止以奇笺妙墨临帖行书亲写陈奏:"臣衍向者甫及年期,还上印绂,天慈极深,曲徇私欲。今犬马之齿七十有三,外虽支持,中实衰弊。且明堂大享,千载难逢,臣子岂不以捧璋侍祭为荣遇?臣但恐颠倒失容,取戾非浅。伏望陛下察臣非矫,免预大礼,无任屏营。"

闻前代兴亡及崩薨篡弑之事以自省戒,而卿等掩隐不说。今后除君臣不可闻之事外,自余皆宜明讲。后值说《礼记》,及《檀弓经》有"君即位而为椑,浦亦反。岁一漆之"。郑注云:"椑,著身棺也。"王者礼繁,当预备。"岁一漆"者,若其未成然。尽诸公议,不忍明说,贴黄掩之。上以拍揭起潜窥。迨讲退,留宋尚书祁以问之。宋备陈其义。上曰:"当筵盍显说?"宋谢曰:"臣子所不忍言,致上昧天鉴,臣等死罪。"仁宗笑曰:"死生,常理也,何足惮焉?"

王文正公旦释褐知临江县,时狱有合死囚,公一夜不寐,思以计活之。方五鼓,空中人喝直更速起,相公将出厅。果斯须开堂门升厅,急呼死囚出问。公之父中令晋公祐尝曰:"此儿异日必为三公。"因手植三槐于庭以待之,有作诗纪其事者甚多。晋国知制诰二十余年,最号淹迟。文正知诰与父相去不十年,入西掖,墙壁间其父翰墨手泽犹在,坐卧不易处。长城钱公若水风鉴最高,与公同直史馆,谓人曰:"王子明既贵且寿,吾进用虽在其先,皆所不及也。"果长城公后四十卒。

孙集贤冕，天禧中直馆几三十年，江南端方之士也，节概清直。晚守姑苏，甫及引年，大写一诗于厅壁，诗云："人生七十鬼为邻，已觉风光属别人。莫待朝廷差致仕，早谋泉石养闲身。去年河北曾逢李，_{见素。}今日淮西又见陈。_{或云陈、李二公被差者也。}寄语姑苏孙刺史，也须抖擞老精神。"题毕，拂衣归九华，以清节高操羞百执事之颜。朝廷嘉之，许再任，诏下已归。竟召不起。王冀公钦若，里闬交素也。冀公天禧中罢相，以宫保出镇余杭，舣舟苏台，欢好款密，醉谓孙曰："老兄淹迟日久，且宽衷，当别致拜闻。"公正色曰："二十年出处中书，一素交潦倒江湖，不预一点化笔。迨事权属他，出庙堂数千里为方面，始以此语见说，得为信乎？"冀公愧谢，解舟遂行。

夏英公竦每作诗，举笔无虚致。镇襄阳时，胡秘监旦丧明，居襄，性多狷躁，讥毁郡政。英公昔尝师焉，至贵达，尚以青衿待之，而不免时一造焉。一日，谓公曰："读书乎？"曰："郡事鲜暇，但时得意则为绝句。"胡曰："试诵之。"公曰："近有《燕雀》诗，云：'燕雀纷纷出乱麻，汉江西畔使君家。空堂自恨无金弹，任尔啾啾到日斜。'"胡颇觉，因少戢。庆历初，被召真拜，将届阙，以言者抨罢，除使相，知杭州。到任以二阕寄执政，曰："造化平分荷大钧，腰间新佩玉麒麟。南湖不住栽桃李，拟伴沙禽过十春。"又曰："海雁桥边春水深，略无尘土到花阴。忘机不管人知否，自有沙鸥信此心。"公后镇南京，时张相昪知谏垣，以一诗讽曰："弱羽伤弓尚未完，孤飞殊不拟鸳鸾。明珠自有千金价，肯与游人作弹丸？"卒不敢以一言及之。

真宗初，诏种隐君放至阙，以敷对称旨。日既高，中人送中书膳，诸相皆盛服俟其来，种隐君韦布，止长揖而已。杨大年闻之颇不平，以诗嘲曰："不把一言裨万乘，只叉双手揖三公。"上闻之，独召杨曰："知卿有诗戏种某。"杨汗浃股栗，不敢匿避。又曰："卿安知无一言裨朕乎？"出一皂囊，内有十轴，乃放所奏之书也。其书曰《十议》，所谓《议道》、《议德》、《议仁》、《议义》、《议兵》、《议刑》、《议政》、《议赋》、《议安》、《议危》。_{石守道《圣政录》有之。}俾大年观之，从容奏曰："臣当翊日负荆谢之。"

　　张尚书咏镇陈台，一日，邸报同年王文正公旦登庸，乖崖色不甚悦，奋须振臂谓客曰："朝廷安肯用经纶康济人乎？赖余素以直节自誓，束发登仕，无两府之志。"时幕中杜寿隆者，乘其语而悦之曰："贱子素知公无两府意。"遽问曰："此吾胸中蕴畜，子安得预其知乎？"杜曰："某盖昔尝诵公《柳》诗'安得辞荣同范蠡，绿丝和雨系扁舟'之句，因所以知之。"愠少解。

　　乖崖公太平兴国三年科场试《不阵成功赋》，盖太宗明年将有河东之幸，公赋有"包戈卧鼓，岂烦师旅之威；雷动风行，举顺乾坤之德"。自谓擅场，欲夺大魁。夫何有司以对耦显失，因黜之，选胡旦为状元。公愤然毁裂儒服，欲学道于陈希夷抟，趋豹林谷，以弟子事之，决无仕志。希夷有风鉴，一见之，谓曰："子当为贵公卿，一生辛苦。譬犹人家张筵，方笙歌鼎沸，忽中庖火起，座客无奈，惟赖子灭之。然禄在后年，此地非栖憩之所。"乖崖坚乞入道，陈曰："子性度明躁，安可学道？"果后二年，及第于苏易简榜中。希夷以诗遗之云："征吴入蜀是寻常，鼎沸笙歌救火忙。乞得江南佳丽地，却应多谢脑边疮。"初不甚晓。后果两入蜀定王均、李顺之乱，又急移余杭，翦左道僧绍伦妖盅之叛，至则平定，此"征吴入蜀"之验也。累乞闲地，朝廷终不允，因脑疮乞金陵养疾，方许之。

　　张乖崖成都还日，临行封一纸轴付僧文鉴大师者，上题云："请于乙卯岁五月二十一日开。"后至祥符八年，当其岁也。时凌侍郎策知成都，文鉴至是日，持见凌公曰："先尚书向以此嘱某，已若干年，不知何物也。乞公开之。"洎开，乃所画野服携筇，黄短褐，一小真也。凌公奇之，于大慈寺阁龛以祠焉。盖公祥符七年甲寅五月二十一日薨，开真之日，当小祥也。公以剑外铁缗辒重设质剂之法，一交一缗，以三年一界换。始祥符辛亥，今熙宁丙辰，六十六年，计已二十二界矣，虽极智者不可改。

　　真宗西祀回跸，次河中，时长安父老三千人具表诣行在，乞临幸，且称"汉、唐旧都，关河雄固，神祇人民，无不望天光之下临也"。上意未果，召种司谏放以决之。时种持兄丧于家，既至，真庙携之登鹳鹊楼，与决雍都之幸。种恳奏曰："大驾此幸，有不便者三：陛下方以孝治天下，翻事秦、汉，侈心封禅郡岳，而更临游别都，久抛宗庙，于孝为阙，此其不便一；其百司供拟顿仗事繁，晚春蚕麦已登，深费农务，此不便二；精兵重臣扈从车辇，京国一空，民心无依，况九庙乎，此陛下深宜念之，乃其三也。"上玉色悚然，曰："臣僚无一语及此者。"放曰："近臣但愿扈清跸、行旷典、文颂声，以邀己名，此陛下当自瘝于清衷也。"翊日，传召銮舆还阙，临遣，雍人所幸宜不允。真宗便欲邀放从驾至京，放乞还家林，上曰："非久必当召卿。"

译经鸿胪少卿、光梵大师惟净，江南李王从谦子也。通敏有先识，解五竺国梵语。庆历中，朝廷百度例务减省，净知言者必废译经，不若预奏乞罢之："臣闻在国之初，大建译园，逐年圣节，西域进经，合今新旧，何啻万轴，盈函溢屋，佛语多矣。又况鸿胪之设，虚费禄廪，恩锡用给，率养尸素，欲乞罢废。"仁宗曰："三圣崇奉，朕乌敢罢？且又赕贡所籍名件，皆异域文字，非鸿胪安辨？"因不允。未几，孔中丞道辅果乞废罢，上因出净疏示之方已。景祐中，景灵宫锯偶解木，木既分，中有虫镂文数十字，如梵书旁行户郎反。之状，因进呈。仁宗遣都知罗崇勋、译经润文使夏英公竦诣传法院，特诏开堂导译，每圣节译经，则谓之"开堂"。冀得祥异之语以忏国。独净焚天香导译逾刻，方曰："五竺无此字，不通辨译。"左珰恚曰："请大师且领圣意，若稍成文，译馆恩例不浅。"而英公亦以此意讽之。净曰："某等幸若蠹文稍可笺辨，诚教门之殊光，恐异日彰谬妄之迹，虽万死何补。"二官竟不能屈，遂写奏称非字。皇祐三年入灭，碑其塔者此二节特不书，惜哉！

祥符中，日本国忽梯航称贡，非常贡也，盖因本国之东有祥光现，其国素传中原天子圣明，则此光现。真宗喜，敕本国建一佛祠以镇之，赐额曰"神光"。朝辞日，上亲临遣。夷使面乞令词臣撰一寺记。时当直者虽偶中魁选，词学不甚优赡，居常止以张学士君房代之，盖假其稽古才雅也。既传宣，令急撰寺记。时张尚为小官，醉饮于樊楼，遣人遍京城寻之不得，而夷人在阁门翘足而待，又中人三促之，紫微大窘。后钱、杨二公玉堂暇日改《闲忙令》，大年曰："世上何人最得闲？司谏拂衣归华山。"盖种放得告还山养药之时也。钱希白曰："世上何人号最忙？紫微失却张君房。"时传此事为雅笑。

种司谏既以"三不便"之奏谏真宗长安之幸,惟大臣深忌之,必知车辂还阙不久须召,先布所陷之基,使其里旧雷有终讽之曰:"非久朝旨必召,明逸慎勿轻起,当自存隐节。徐宜特削一奏请觐,以问銮驾还阙之良苦,乃君臣之厚诚也。"种深然之。上还京,已渴亟与执政议召种之事,大臣奏曰:"种某必辞免。乞陛下记臣语,久而不召,往往自乞觐。"试召之,诏下果不至,辞曰:"臣父幼亡,伯氏鞠育,誓持三年之丧,以报其德。止有数月,乞终其制。"上已微惑。后半年,知河阳孙奭果奏入,具言种某乞诣阙请觐。上大骇,召执政曰:"率如卿料,何邪?"大臣曰:"臣素知放之所为,彼视山林若桎梏,盖强隐节以沽誉,岂嘉遁之人耶?请此一觐,亦妄心狂动,知鼎席将虚,有大用之觊,陛下宜察之。"盖王文正旦累章求退之时也。由此宠待遂解,札付河阳赐种买山银一百两,所请宜不允。是岁遂亡,祥符八年也。种少时有《潇湘感事》诗,曰:"离离江草与江花,往事洲边一叹嗟。汉傅有才终去国,楚臣无罪亦沉沙。凄凉野浦飞寒雁,牢落汀祠聚晚鸦。无限清忠归浪底,滔滔千顷属渔家。"诚先兆也。初,种隐君少时与弟汶往拜陈希夷抟,陈宿戒厨仆来日有二客,一客膳于廊。才旦,果至,惟邀放升堂,殷勤眡睐,以一绝赠之,曰:"鉴中有客白髭多,鉴外先生识也么?只少六年年六十,此中阴德莫蹉跎。"种都不之晓,但屈指以三语授之曰:"子贵为帝友,而无科名,晚为权贵所陷。"种又乞素履之术,陈曰:"子若寡欲,可满其数。"种因而不娶不腠,寿六十一。

杨大年年十一,建州送入阙下,太宗亲试一赋一诗,顷刻而就。上喜,令中人送中书,俾宰臣再试。时参政李至状:"臣等今月某日,入内都知王仁睿传圣旨,押送建州十一岁习进士杨亿到中书。其人来自江湖,对扬轩陛,殊无震慑,便有老成,盖圣祚承平,神童间出也。臣亦令赋《喜朝京阙》诗五言六韵,亦顷刻而成。其诗谨封进。"诗内有"七闽波渺邈,双阙气岧峣。晓登云外岭,夜渡月中潮",断句云"愿秉清忠节,终身立圣朝"之句。

天禧中,宰臣奏:"中书、枢密院接见宾客,然两府慎密之地,亦欲资访天下之良苦,早暮接待,复滞留机务。又分厅言事,各有异同。欲乞今后中书、枢密院每有在外得替到阙,及在京主执臣僚如有公事,并逐日于巳时已前聚厅见客,已分厅即俟次日,急速者不在此限,非公事不得到中书、密院。"

真宗西祀回,召臣僚赴后苑,宣示御制《太清楼聚书记》、《朝拜诸陵因幸西京记》、《西京内东门弹丸壁记》,皆新制也。笑谓近臣曰:"虽不至精优,却尽是朕亲撰,不假手于人。"语盖旨在杨大年也。《归田录》述之。

景德四年,司天判监史序奏:"今年太岁丁未六月二十五日,五星当聚周分。"既而重奏:"臣寻推得五星自闰五月二十五日近太阳行度,按《甘氏星经》曰:'五星近太阳而辄见者,如君臣齐明,下侵上之道也;若伏而不见,即臣让明于君,此百千载未有也。'但恐今夜五星皆伏。"真宗亲御禁台以候之,果达旦不见。大赦天下,加序一官,群臣表贺。

寇莱公诗"野水无人渡,孤舟尽日横"之句,深入唐人风格。初,授归州巴东令,人皆以"寇巴东"呼之,以比前"赵渭南"、"韦苏州"之类。然富贵之时,所作诗皆凄楚愁怨,尝为《江南春》二绝,云:"波淼淼,柳依依。孤村芳草远,斜日杏花飞。江南春尽离肠断,蘋满汀洲人未归。"又曰:"杳杳烟波隔千里,白蘋香散东风起。日落汀洲一望时,愁情不断如春水。"余尝谓深于诗者,尽欲慕骚人清悲怨感以主其格,语意清切脱洒孤迈则不无。殊不知清极则志飘,感深则气谢。莱公富贵时,送人使岭南,云:"到海只十里,过山应万重。"人以为警绝。晚窜海康,至境首,雷吏呈图经迎拜于道,公问州去海近远,曰:"只可十里。"憔悴奔窜已兆于此矣。予尝爱王沂公曾布衣时,以所业贽吕文穆公蒙正,卷有《早梅》句云:"雪中未问和羹事,且向百花头上开。"文穆曰:"此生次第已安排作状元、宰相矣。"后皆尽然。

陈郎中亚有滑稽雄声,知润州,治迹无状,浙宪马卿等欲按之。至则陈已先觉。廉按讫,宪车将起,因舣于甘露寺阁,至卒爵,宪目曰:"将注子来郎中处满着。"陈惊起遽拜,宪讶曰:"何谓,何谓!"陈曰:"不敢望满,但得成资保全而去,举族大幸也。"马笑曰:"岂有此事!"既而竟不敢发。有陋儒者,贡所业,举止凡下,陈玩之曰:"试请口占盛业。"生曰:"某卷中有《方地为舆赋》。"诵破题曰:"粤有大德,其名曰坤。"陈应声曰:"吾闻子此赋久矣,得非下句云'非讲经之座主,乃传法之沙门乎?'"满座大笑。陈尤工药名诗,有"棋为腊寒呵子下,衫因春瘦缩纱裁"、"风月前湖近,轩窗半夏凉"之句,皆不失风雅。

丁晋公贬崖时,权臣实有力焉。后十二年,丁以秘监召还光州。致仕时,权臣出镇许田,丁以启谢之,其略曰:"三十年门馆游从,不无事契;一万里风波往复,尽出生成。"其婉约皆此。又自夔漕召还知制诰,谢两府启:"二星入蜀,难分按察之权;五月渡泸,皆是提封之地。"后云:"谨当揣摩往行,轨躅前修。效慎密于孔光,不言温树;体风流于谢傅,惟咏苍苔。"

时大臣为枢相,以非辜降节度使,谪汉东。会禁林主诰者素为深仇,贬语云:"公侯之家,鲜克禀训;茅土之后,多或坠宗。具官某亡国之衰绪,孽臣之累姻。"时家宰谓典诰曰:"万选公其贬语太酷。"禁林曰:"当留数句,以俟后命。"太宰笑曰:"尚未遑憾乎?"

石参政中立在中书时,盛文肃度禁林当直,撰《张文节公知白神道碑》,进御罢,呈中书。石急问之:"是谁撰?"盛卒对曰:"度撰。"对讫方悟,满堂大笑。又刘中师因上殿赐对,衣腰带,荣君之赐,衔而不换,遂服之谢于其第,乃宝瓶银带也。会方霁,庭中尚泥足,蹄坐于泥中,袍带濡渍。石问曰:"郎中贵甲儿多?"曰若干岁。曰:"果信果信!土入宝瓶,遂有此扑。"

钱思公谪居汉东日,撰一曲曰:"城上风光莺语乱,城下烟波春拍岸。绿杨芳草几时休,泪眼愁肠先已断。　　情怀渐变成衰晚,鸾鉴朱颜惊暗换。昔年多病厌芳樽,今日芳樽惟恐浅。"每歌之,酒阑则垂涕。时后阁尚有故国一白发姬,乃邓王俶歌鬟惊鸿者也,曰:"吾忆先王将薨,预戒挽铎中歌《木兰花》,引绋为送,今相公其将亡乎?"果薨于隋。邓王旧曲亦有"帝卿烟雨锁春愁,故国山川空泪眼"之句,颇相类。

吴越旧式,民间尽算丁壮钱以增赋舆。贫匮之家,父母不能保守,或弃于襁褓,或卖为僮妾,至有提携寄于释老者。真宗一切蠲放,吴俗始苏。

雍熙二年,凤翔奏岐山县周公庙有泉涌,旧老相传:时平则流,时乱则竭。唐安史之乱其泉竭，至大中年复流，赐号润德泉，后又涸。今其泉复涌，澄甘莹洁。太宗嘉之。

杨叔贤郎中异，眉州人，言顷有眉守初视事，三日大排，乐人献口号，其断句云："为报吏民须庆贺，灾星移去福星来。"新守颇喜。后数日，召优者问："前日大排，乐词口号谁撰？"其工对曰："本州自来旧例，只用此一首。"

杨叔贤，自强人也，古今未尝许人。顷为荆州幕，时虎伤人，杨就虎穴磨巨崖，大刻《诫虎文》，如《鳄鱼》之类。其略曰："咄乎尔彪，出境潜游。"后改官知郁林，以书托知军赵定基打《诫虎文》数本，书言："岭俗庸犷，欲以此化之。"仍有诗曰："且将先圣诗书教，暂作文翁守郁林。"赵遣人打碑，次日，本耆申某月日磨崖碑下大虫咬杀打碑匠二人。荆门止以耆状附递寄答。

范文正公镇余杭，今侍读王乐道公在幕。杨内翰隐甫公察谪信州，未几，召还赴阙。过杭，公厚遇之。特排日遣乐吏往察判厅请乐辞，乐道叱之不作。来日，酒数行，遣吏投书于席，大概言："陶之学先王之道也，未始游心于优笑之艺。始某从事于幕，天下之士识与不识皆以陶为贺。盖今岩穴蟠潜修立之士，无不由明公之门翦擢至于华显者。独以某不幸吏于左右，公未尝训之以道德，摩之以仁义，反以伎戏之事委之，非其素望也。且金华杨公亦吾儒高第之一人尔，苟某始者躐巍等，历清秩，过执事之境，必不肯以优伶之辞为托也"云云。公以书示隐甫，隐甫笑曰："波及当司，尤无谓也。"公颇动。既而移镇青社，乐道少安。又王尚书拱辰长安上事日，理掾撰乐词，有"人间合作大丞相，天下犹呼小状元"之句。又梅龙图贽余杭上事日，一曹僚撰《头盏曲》，有"黄阁方开鼎，和羹正待梅"之句。二吏因受知，蒙二公荐擢，不数年并升于台阁，皆系乎幸不幸尔。

太平兴国四年，绵州罗江县罗公山真人罗公远旧庐，有人乘车往来山中，石上有新辙迹，深三尺余，石尽五色。知州仲士衡缘辙迹至洞口，闻鸡犬声。

兴国七年，嘉州通判王衮奏："往峨眉山提点白水寺，忽见光相，寺西南瓦屋山上皆变金色，有丈六金身。次日，有罗汉二尊空中行坐,入紫色云中。"

治平中,御史有抨吕状元溱杭州日事者,其语有"欢游叠嶂之间,家家失业;乐饮西湖之上,夜夜忘归"。执政笑谓言者曰:"军巡所由,不收犯夜,亦宜一抨。"

李建勋罢相江南,出镇豫章。一日,与宾僚游东山,各事宽履轻衫,携酒肴,引步于渔溪樵坞间,遇佳处则饮。忽平田间一茅舍有儿童诵书声,相君携策就之,乃一老叟教数村童。叟惊悚离席,改容趋谢,而翔雅有体,气调潇洒。丞相爱之,遂觞于其庐,置之客右,叟亦不敢辄谈。李以晚渴,连食数梨,宾僚有曰:"此不宜多食,号为五脏刀斧。"叟窃笑。丞相曰:"先生之哂,必有异闻。"叟谢曰:"小子愚贱,偶失容于钧重,然实无所闻。"李坚质之,仍胁以巨觥,曰:"无说则沃之。"叟不得已,问说者曰:"敢问'刀斧'之说有稽乎?"曰:"举世尽云,必有其稽。"叟曰:"见《鹖冠子》,所谓五脏刀斧者,非所食之梨,乃离别之'离'尔。盖言人之别离,戕伐胸怀,甚若刀斧。"遂就架取一小策,振拂以呈丞相,乃《鹖冠子》也。检之,如其说,李特加重。

金陵赏心亭,丁晋公出镇日重建也。秦淮绝致,清在轩槛,取家箧所宝《袁安卧雪图》张于亭之屏,乃唐周昉绝笔。凡经十四守,虽极爱而不敢辄觊。偶一帅遂窃去,以市画芦雁掩之。后君玉王公琪复守是郡,登亭留诗曰:"千里秦淮在玉壶,江山清丽壮吴都。昔人已化辽天鹤,旧画难寻《卧雪图》。冉冉流年去京国,萧萧华发老江湖。残蝉不会登临意,又噪西风入座隅。"此诗与江山相表里,为贸画者之萧斧也。

淳化甲午,李顺乱蜀,张乖崖镇之。伪蜀僭侈,其宫室规模,皆王建、孟知祥乘其弊而为之。公至则尽损之,如列郡之式。郡有西楼,楼前有堂,堂之屏乃黄筌画双鹤花竹怪石,众名曰"双鹤厅"。南壁有黄氏画湖滩山水双鹭。二画妙格冠于两川。贼锋既平,公自坏壁尽置其画为一堂,因名曰"画厅"。

鼎州甘泉寺介官道之侧,嘉泉也,便于漱酌,行客未有不舍车而留者。始,寇莱公南迁日,题于东槛,曰:"平仲酌泉经此,回望北阙,黯然而行。"未几,丁晋公又过之,题于西槛,曰:"谓之酌泉礼佛而去。"后范补之讽安抚湖南，留诗于寺曰："平仲酌泉回北望，谓之礼佛向南行。烟岚翠锁门前路，转使高僧厌宠荣。"诗牌犹存。

《六快活》诗，长沙致仕王屯田撰讥六君子而作也。六人者，即帅周公沇、漕赵公良规、宪李公硕、刘公舜臣、倅朱景阳、许玄是也。其诗略曰："湖外风物奇，长沙信难续。衡峰排古青，湘水湛寒绿。舟楫通大江，车轮会平陆。昔贤官是邦，仁泽流丰沃。今贤官是邦，剐唉人脂肉。怀昔甘棠化，伤今猛虎毒。然此一邦内，所乐人才六。漕与二宪僚，守连两通属。高堂日成会，深夜继以烛。帏幕皆绮纨，器皿尽金玉。歌喉若珠累，舞腰如素束。千态与万状，六官欢不足。因成《快活》诗，荐之尧舜目"云云。余数联皆咄咄猥驳，固不足纪。愚后至长沙，访故老，皆云岂有兹事。盖公暇以登临为适，在所皆尔，一酒食遂类猛虎剐脂唉肉之害，果苛政者，复不知如何比邪？所以触宪网，皆自速也。有樊太、傅立二人者，里闬交素，逮乞骸，俱老于故乡，而林泉相依，以二疏风义自高。一旦谤诗既出，急捕樊以胁之。樊义薄无守，悉以游从之事卖之，以求苟免，仍希赏格。狱具，撰坐嘲谤之典，尽削其籍。立以告发获赏，因转一官，昂然拜命，略无三褫之羞。诰辞曰"为尔交者，不其难乎？"诚所谓也。嗟风义薄恶，故录之以自诲。

熙宁而来，大臣尽学术该贯，人主明博，议政罢，每留之询讲道义，日论及近代名臣始终大节。时宰相有举冯道者，盖言历事四朝不渝其守。参政唐公介曰："兢慎自全，道则有之；然历君虽多，不闻以大忠致君，亦未可谓之完。"宰相曰："借如伊尹，三就桀而三就汤，非历君之多乎？"唐公曰："有伊尹之心则可。况拟人必于其伦，以冯道窃比伊尹，则臣所未喻也。"率然进说，吐辞为经，美哉！

"平林漠漠烟如织，寒山一带伤心碧。暝色入高楼，有人楼上愁。　玉梯空伫立，宿雁归飞急。何处是归程，长亭连短亭。"止此词不知何人写在鼎州沧水驿楼，复不知何人所撰。魏道辅泰见而爱之。后至长沙，得古集于子宣内翰家，乃知李白所作。

又欧阳公顷谪滁州，一同年忘其人。将赴阆倅，因访之，即席为一曲歌以送，曰："记得金銮同唱第，春风上国繁华。而今薄宦老天涯，十年歧路,孤负曲江花。　　　闻说阆山通阆苑,楼高不见君家。孤城寒日等闲斜,离愁无尽,红树远连霞。"其飘逸清远,皆白之品流也。公不幸晚为恷人构淫艳数曲射之,以成其毁。予皇祐中,都下已闻此阕歌于人口者二十年矣。嗟哉! 不能为之力辨。公尤不喜浮图,文莹顷持苏子美书荐谒之,迨还吴,蒙诗见送,有"孤闲竺乾格,平淡少陵才",及有"林间著书就,应寄日边来"之句,人皆怪之。

宋郑公庠省试《良玉不琢赋》,号为擅场。时大宗胥内翰偃考之酷爱,必谓非二宋不能作之,奈何重叠押韵,一韵有"瑰奇擅名"及"而无刻画之名"之句,深惜之,密与自改"擅名"为"擅声"。后坼之于第一。殆发试卷,果郑公也。胥公挚挚于后进,故天圣、明道间得誉于时,若欧阳公等皆是。后虽贵显,而眷盼亦衰。故学士王平甫撰《胥公神道碑》,略云:"诸孤幼甚,归于润州。公平日翦擢相踵,而材势大显者无一人所助,独宋郑公恤其家甚厚。"盖兹事也。

伪吴故国五世同居者七家,先主昇为之旌门闾,免征役。尤著者江州陈氏,乃唐元和中给事陈京之后,长幼七百口,不畜仆妾,上下雍睦。凡巾栉槦架及男女授受通问婚葬,悉有规制。食必群坐广器,未成人者别一席。犬百余只,一巨船共食,一犬不至,则群犬不食。别墅建家塾,聚书延四方学者,伏腊皆资焉,江南名士皆肄业于其家。

晏元献公撰《章懿太后神道碑》,破题云:"五岳峥嵘,昆山出玉;四溟浩渺,丽水生金。"盖言诞育圣躬,实系懿后。奈仁宗夙以母仪事明肃刘太后,膺先帝拥祐之托,难为直致,然才者则爱其善比也。独仁宗不悦,谓晏曰:"何不直言诞育朕躬,使天下知之。"晏公具以前意奏之。上曰:"此等事卿宜置之,区区不足较,当更别改。"晏曰:"已焚草于神寝。"上终不悦。迨升祔,二后赦文孙承旨抃当笔,协圣意直叙曰:"章懿太后丕拥庆羡,实生眇冲,顾复之恩深,保绥之念重。神驭既往,仙游斯邈。嗟乎! 为天下之母,育天下之君。不逮乎九重之承颜,不及乎四海之致养。念言一至,追慕增结。"上览之感泣弥月。明赐之外,悉以东宫旧玩密赉之。岁余,参大政。

天圣七年,曹侍中利用因侄汭聚无赖不轨,狱既具,有司欲尽劾交结利用者。时恷人幸其便,阴以文武四十余人讽之俾深治。仁宗察之,急出手诏:"其文武臣僚,内有先曾与曹利用交结往还,曾被荐举及尝亲昵之人,并不得节外根问。其中虽有涉汭之事者,恐或诖误,亦不得深行锻炼。"其仁恤至此。是年,圣算方二十。

天圣七年,晏元献公奏:"朝廷置职田,盖欲稍资俸给,其官吏不务至公,以差遣徇侥竞者极众,屡致讼言,上烦听览,欲乞停罢。"时可其奏,但令佃户逐年收课利,类聚天下都数,纽价均散见任官员。至九年二月,忽降敕:"国家均敷职田,以厉清白,向因侥幸,遂行停罢。风闻搢绅之间持廉守道者甚众,苦节难守,宜布明恩,悉仍旧贯。审官、三班、流内铨今后将有无职田处均济公平定夺,差遣不得私徇。"

咸平中,翰林李昌武宗谔初知制诰,至西掖,追故事独无紫薇,自别野移植。闻今庭中者,院老吏相传犹是昌武手植。晏元献写赋于壁曰:"得自莘野,来从召园。有昔日之绛老,无当时之仲文。观茂悦以怀旧,指蔽芾以思人。"

太宗第七女申国大长公主,平生不茹荤。端拱初,幸延圣寺,抱对佛愿舍为尼。真宗即位,遂乞削发。上曰:"朕之诸妹皆厚赐汤邑,筑外馆以尚天姻,酬先帝之爱也。汝独愿出家,可乎?"申国曰:"此先帝之愿也。"坚乞之,遂允。进封吴国,赐名清裕,号报慈正觉大师,建寺都城之西,额曰"崇真"。藩国近戚及掖庭嫔御愿出家者,若密恭懿王女万年县主、曹恭惠王女惠安县主凡三十余人,皆随出家。诏普度天下僧尼。申国俗寿止三十,入尼夏十有六入灭。

冀公王钦若,淳化二年自怀州赴举,与西州武覃偕行,途次圃田,忽失公所在。覃遂止于民家,散仆寻之。俄见仆阔步而至,惊悸言曰:"自此数里有一神祠,见公所乘马弛缰宇下,某径至萧屏,有门吏约云:'令公适与王相欢饮,不可入也。'某窃窥见其中果有笙歌杯盘之具。"覃亟与仆同往,见公已来,将半酣矣。询之,笑而不答。覃却到民家,指公会处,乃裴晋公庙。覃心异之,知公非常人矣。公登第后,不数年为翰林学士。使两川,回辀至褒城驿,方憩于正寝,将吏忽见导从自外而至,中有一人云:"唐宰相裴令公入谒。"公忻然接之。因密谓公大用之期,乃怀中出书一卷,示公以富贵爵命默定之事,言终而隐。及公登庸,圃田神祠出俸修饰,为文纪之。

石延年曼卿为秘阁校理，性磊落，豪于诗酒，明道元年，以疾卒。曼卿平生与友人张生尤善。死后数日，张生梦曼卿骑青驴引数苍头过生，谓生曰："我今已作鬼仙，召汝偕往。"生以母老，固辞久之。曼卿怒，登驴而去，顾生曰："汝太劣。吾召汝，安得不从？今当命补之同行矣。"后数日，补之遂卒。补之乃范讽字。今仪真有碑石，序其事尤详。

大参元厚之公成童时，侍钱塘府君于荆南，每从学于龙安僧舍。后三十年，公以龙图、贰卿帅于府。昔之老僧犹有在者，引筇钺，访旧斋，而门径窗扉及泉池钓游之迹，历历如昨。公感之，因构一巨堂，榜曰"碧落"。手写诗于堂，诗有"九重侍从三明主，四纪乾坤一老臣"，及"过庐都失眼前人"之句。虽向老，而男子雄赡之气殊未衰歇。未几，果以翰林召归为学士，俄而又参熙宁天子大政，真所谓"乾坤老臣"也。其堂遂为后进之大劝。

湘山野录卷中

真宗居藩邸，升储宫，命侍讲邢昺说《尚书》，凡八席，《诗》、《礼》、《论语》、《孝经》皆数四。既即位，咸平辛丑至天禧辛酉二十一年之间，虽车辂巡封，遍举旷世阔典，其间讲席岁未尝辍。至末年，诏直阁冯公元讲《周易》，止终六十四卦，未及《系辞》，以元使疠，遂罢。及元归，清躯渐不豫。后仁宗即位半年，侍臣以崇政殿阁所讲遗编进呈，方册之上，手泽凝签，及细笔所记异义，历历尽在，两宫抱泣于灵幄数日，命侍臣撰《讲席记》。

仆射相国王公至道，丙申岁为谯幕，因按逃田饥而流亡者数千户，力谋安集，疏奏乞贷种粒、牛、粮，恳诉其苦，朝廷悉可之。一夕，次蒙城驿舍，梦中有人召公出拜，空中紫绶象简者，貌度凝重，如牧守赴上之仪，遣一绿衣丱童遗公曰："以汝有忧民深心，上帝嘉之，赐此童为宰相子。"受讫即寤。迨晓，憩食于楚灵王庙，作诗志于壁。是夕，夫人亦有祥兆而因娠焉。后果生一子，即庆之是也。器格清粹，天与文性，未十岁，公已贵，荫为奉礼郎。耻门调止称进士，或号栖神子，惟谈紫府丹台间事。有《古木》诗："不逢星汉使，谁识是灵槎。"祥符壬子岁，谓所亲曰："上元夫人命我为玉童，只是吾父未受相印，受则吾去矣。"不数日，公正拜，庆之已疾。公忆丙申之梦，默不敢言。不逾月，庆之卒，年十七。真宗闻其才，矜恤特甚，命尚宫就宅加赗襚，诏赐进士及第，焚诰于室。

徐骑省铉在江南日，著书已多，乱离散失，十不收一二，传者止文集二十卷。方成童，铉于水滨，忽一狂醉道士叱之，曰："吾戒汝只在金鱼庙，何得窃走至此！"以杖将怒击，父母亟援之，仍回目怒视曰："金鱼将迁庙于邠，他日挞于庙亦未晚。"因不见。后果谪官于邠，遂薨，无子。

石守道介，康定中主盟上庠，酷愤时文之弊，力振古道。时庠序号为全盛之际，仁宗孟夏銮舆有玉津铚麦之幸，道由上庠。守道前数日于首善堂出题曰《诸生请皇帝幸国学赋》，糊名定优劣。中有一赋云："今国家始建十亲之宅，新封八大之王。"盖是年造十王宫，封八大王元俨为荆王之事也。守道晨兴鸣鼓于堂，集诸王谓之曰："此辈鼓箧游上庠，提笔场屋，稍或出落，尚腾谤有司。悲哉！吾道之衰也。如此是物宜遽去，不尔，则鼓其姓名，挞以惩其谬。"时引退者数十人。

高副枢若讷一旦召姚嗣宗晨膳，忽一客老郎官者至，遂自举新诗喋喋不已。日既高，宾主尽馁，无由其去。姚亦关中诗豪，辨谲无羁，潜计之，此老非玩不起。果又举《甘露寺阁》诗云："下观扬子小。"姚应声曰："宜对'卑末狗儿肥'。"虽愠不已，又举《秋日峡中感怀》曰："猿啼旅思凄。"姚应曰："好对'犬吠王三嫂'。"老客振色曰："是何下辈？余场屋驰声二十年。"姚对曰："未曾拨断一条弦。"因奋然而去。高大喜，因得就匕。

一岁，潭州试僧童经，一试官举经头一句曰："三千大千时谷山。"一闽童接诵辍不通，因操南音上请曰："上覆试官：不知下头有世界耶，没世界耶？"群官大笑。

安鸿渐有滑稽清才，而复内惧。妇翁死，哭于枢，其孺人素性严，呼入缞幕中诟之曰："汝哭何因无泪？"渐曰："以帕拭干。"妻严戒曰："来日早临，去声。定须见泪。"渐曰："唯。"计既窘，来日以宽巾湿纸置于额，大叩其颡而恸。恸罢，其妻又呼入窥之。妻惊曰："泪出于眼，何故额流？"渐对曰："仆但闻自古云'水出高原'。"鸿渐《秋赋》警句曰："陈王阁上，生几点之青苔；谢客门前，染一溪之寒水。"有才雅，以凉德尽掩之，然不闻有遗行。

魏侍郎瓘初知广州，忽子城一角颓垫，得一古砖，砖面范四大字云"委于鬼工"，盖合而成"魏"也。感其事，大筑子城。才罢，诏还，除仲待制简代之。未几，侬智高寇广，其外城一击而摧，独子城坚完，民逃于中，获生者甚众。贼退，帅谪筠州。朝廷以公有前知之备，加谏议，再知广二年。召还，公以筑城之效，自论久不报，有《感怀》诗曰："羸羸霜发一衰翁，踪迹年来类断蓬。万里远归双阙下，一身闲在众人中。螭头赐对恩虽厚，雉堞论功事已空。淮上有山归未得，独挥清涕洒春风。"文潞公采诗进呈，加龙图，尹京。魏诗精处，《五羊书事》

曰：“谁言岭外无霜雪，何事秋来亦满头”之句。

郑内翰毅夫公知荆南，一日，虎入市啮数人，郡大骇，竞修浮图法禳之。郑公谕士民曰：“惟城隍庙在子城东北，实闉井系焉，荒颓久不葺，汝曹盍以斋金修之。”独一豪陈务成者前对曰：“某愿独葺，不须斋金也。”因修之，换一巨梁，背凿一窍，阖一版于窍中，字在其下，宛若新墨，云“惟大周广顺二年，岁次壬子五月某日建”。其旁大题四字，曰“遇陈则修”。陈氏以缇巾袭之献于府。郑公奇之，特为刊其事于新梁之胁，其末云：“噫！此能以物之极理推而至于斯乎？宁得先知之神乎？可疑者，何古人独能而今人不能？治平丁未岁十月，安陆郑獬于荆南画堂记之。”后，今大参元公镇荆，文莹因道其事，愿以其文刻于庙，求公一后序，以必信于世，公欣然诺之。未几，以翰林召归为学士，逮参大政，兹事因寝，尚郁于心。

皇祐中，杨待制安国迩英阁讲《周易》，至“节卦”有“慎言语，节饮食”之句，杨以语朴，仁宗反问贾魏公曰：“慎何言语？节何饮食？”魏公从容进其说曰：“在君子言之，则出口之言皆慎，入口之食皆节；在王者言之，则命令为言语，燕乐为饮食。君天下者当慎命令，节燕乐。”上大喜。后讲《论语》，当经者乃东北一明经臣，讲至“自行束修以上”之文，忽进数谈，殆近乎攫，曰：“至于圣师诲人尚得少物，况余人乎？”侍筵群公惊愧汗浃。明日，传宣经筵臣僚各赐十缣。诸公皆耻之，方议共纳，时宋莒公庠留身，奏：“臣闻某人经筵进鄙猥之说，自当深谴，反以锡赐，诚谓非宜。然余臣皆已行之，命拜赐可也。若臣弟祁，以臣在政府，于义非便，今谨独纳。”上笑曰：“若卿弟独纳，不独妨诸臣，亦贻某人之羞，但传朕意受之。”

祥符四年，驾幸汾阴，起偃师，驻跸永安。天文院测验浑仪杜贻范奏：“卯时二刻，日有赤黄辉气，变为黄珥，又变紫气。巳时后，辉气复生。”

祥符四年正月，天书至郑州，有鹤一只西来，两只南来，盘旋久之不见。是日午时，车驾至行宫，复有鹤三只飞于行宫之上。

寇忠愍罢相，移镇长安，惊恍牢落，有恋阙之兴，无阶而入。忽天书降于乾祐县，指使朱能传意密谕之，俾公保明入奏，欲取信于天下。

公损节遂成其事，物议已讥之。未几，果自秦川再召入相。将行，有门生者忘其名请独见，公召之，其生曰："某愚贱，有三策辄渎钧重。"公曰："试陈之。"生曰："第一，莫若至河阳称疾免觐，求外补以远害。第二，陛觐日，便以乾祐之事露诚奏之，可少救平生公直之名。第三，不过入中书为宰相尔。"公不悦，揖起之。后诗人魏野以诗送行，中有"好去上天辞将相，归来平地作神仙"之句，盖亦警之为赤松之游。竟不悟，至有海康之往。

汝州叶县大井涧，忽得一石，上刻四句云："叶邑之阴，汝颍之东。兹有国宝，永藏其中。"叶人大惑，谓之"神石"，置于县祠中，享祷日盛。贪夫至有浚井掘田、愿求国宝者，累岁未已。忽一客因游仙岛观北极殿，有一础为柱所压，柱棱外镌四句犹可见，曰"赋世永算，享国巨庸。子贤而嗣，命考而终"。其客徐以庙中神石之句合之，其韵颇协，量之，复长短无差。白邑宰，取其础观，乃唐开成中一中郎将墓志尔，安础时欲取其方，因裁去，余石弃井中，后得之，遂解惑焉。

吕申公累乞致仕，仁宗眷倚之重，久之不允。他日，复叩于便坐，上度其志不可夺，因询之曰："卿果退，当何人可代?"申公曰："知臣莫若君，陛下当自择。"仁宗坚之，申公遂引陈文惠尧佐，曰："陛下欲用英俊经纶之臣，则臣所不知。必欲图任老成，镇静百度，周知天下之良苦，无如陈某者。"仁宗深然之，遂大拜。后文惠公极怀荐引之德，无以形其意，因撰《燕词》一阕，携觞相馆，使人歌之曰："二社良辰，千秋庭院，翩翩又见新来燕。凤凰巢稳许为邻，潇湘烟暝来何晚。乱入红楼，低飞绿岸，画梁时拂歌尘散。为谁归去为谁来，主人恩重朱帘卷。"申公听歌，醉笑曰："自恨卷帘人已老。"文惠应曰："莫愁调鼎事无功。"老于岩廊，酝藉不减。顷为浙漕，有《吴江》诗："平波渺渺烟苍苍，菰蒲才熟杨柳黄。扁舟系岸不忍去，秋风斜入鲈鱼乡。"又《湖州碧澜堂》诗："苕溪清浅雪溪斜，碧玉光寒照万家。谁向月明终夜听，洞庭渔笛隔芦花。"

余顷与凌叔华郎中景阳登襄阳东津寺阁。凌，博雅君子也，蔡君谟、吴春卿皆昔师之，素称翰墨之妙。时寺阁有旧题二十九字在壁者，字可三寸余，其体类颜而逸，势格清美，无一点俗气。其语数句，又简而有法，云："杨孜，襄阳人。少以词学名于时，惜哉不归！今死矣，遗其亲于尺土之下。悲夫！"止吾二人者徘徊玩之，不忍去。恨不知写者为谁，又不知所题之事。后诘之于襄人，乃杨庶几学士，死数载，弃双亲之殡在香严界佛舍中已廿年。

郑毅夫公入翰林为学士。后数月，今左揆王相国继入。其玉堂故事：以先入者班列居上。郑公奏曰："臣德业学术及天下士论，皆在王某之下，今班列翻居其上。臣所不遑，欲乞在下。"主上面谕之，揆相固辞曰："岂可徇郑某谦抑，而变祖宗典故耶？"又数日，郑公乞罢禁林以避之，主上特传圣语："王某班列在郑某之上，不得为永例。"后揆相为郑父纾志其墓，语笔优重，至挽词有"欲知阴德事，看取玉堂人"之句，佳其谦也。

潘佑事江南，既获用，恃恩乱政，潜不附己者，颇为时患。以后主好古重农，因请稍复井田之法，深抑兼并，民间旧买之产使即还之，夺田者纷纷于州县。又按《周礼》造民籍，旷土皆使树桑，民间舟车、碓砱、箱箧、镮钏之物悉籍之。符命旁午，急于星火，吏胥为奸，百姓大挠，几聚而为乱。后主寤，急命罢之。佑有文而容陋，其妻右仆射严续之女，有绝态。一日晨妆，佑潜窥于鉴台，其面落鉴中，妻怖遽倒，佑怒其恶己，因弃之。佑方卯，未入学，已能文，命笔题于壁曰："朝游苍海东，暮归何太速。只因骑折玉龙腰，谪向人间三十六。"果当其岁诛之。

诗人鲍郎中当，知睦州日，尝言桐庐县一民兼并刻剥，闾里怨之，尽诅曰："死则必为牛。"一旦死，果邻村产一白牛，腹旁分明题其乡社、名姓。牛主潜报兼并之子，亟往窥之，既果然，亦悲恨无计。又恐其事之暴，欲以价求之。其民须得百千方售，其孤亦如数赠之。既得之，遂豢于家。未几，一针笔者持金十千首于郡曰："某民令我刺入声。字于白牛腹下，约得金均分，今实不均，故首之。"吏鞫刺时之事。曰："以快刀剃去氄毛，以针墨刺字，毛起，则宛如天生。"鲍深嫉之，黥二奸，窜于岛。

庆历中，一日，丞相将出中书，候午漏未上，因从容聚厅闲话，评及本朝文武之家箕裘嗣续阀阅之盛。诸公屈指，若文臣惟韩大参亿之家,武臣惟夏宣徽守赟之家。堂吏驰白韩、夏二宅,以为美报。

冲晦处士李退夫者,事矫怪,携一子游京师,居北郊别墅,带经灌园,持古风以外饰。一日,老圃请撒园荽,即《博物志》张骞西域所得胡荽是也。俗传撒此物,须主人口诵猥语播之则茂。退夫者固矜纯节,执菜子于手撒之,但低声密诵曰"夫妇之道,人伦之性"云云,不绝于口。夫何客至,不能讫事,戒其子使毕之。其子尤矫于父,执余子咒之曰:"大人已曾上闻。"皇祐中,馆阁以为雅戏,凡或谈话清淡,则曰"宜撒园荽一巡"。

冯大参当世公始求荐于武昌,会小宗者庸谬寡鉴,坚欲黜落,又欲置于末缀。时鄂倅南宫诚监试,当拆封定卷,大不平,奋臂力主之,须俾魁送。小宗者理沮,不免以公冠于乡版,果取大魁,释褐除荆南倅。南宫迁潭倅,公以诗寄谢曰:"尝思鹏海隔飞翻,曾得天风送羽翰。恩比丘山何以戴?心同金石欲移难。经年空叹音题绝,千里长思道义欢。每向江陵访遗治,邑人犹指县题看。"笺云:"江陵县额,即君临治时亲墨也。"

杨文公由禁林为汝守,张尚书咏移书云:"张老子今年七十矣,气血衰劣,涺然沉昏,入静自守,以真排邪。忽睹来缄,不审大年官若是,而守若是。又思大年气薄多病,应遂移疾之请。盛年辞荣,是名高格。若智不及气屑屑罹祸者,自古何限?大年素养道气,宜终窭扫地,莫致润屋,得君得时,无害生民。大年知张老子乎?老子心无蕴畜,绝情绝思,顾身世若脱屣,岂能念他人乎?大年自持。不宣。咏白。"其语直气劲,如乖崖之在目。干宝《晋书》称王献之尝云"吾于文章书札识人之形貌情性",真所谓也。

崔公谊者,邓州德学生也,累举不第。后竟因舅氏贾魏公荫,补莫州任丘簿。熙宁初,河北地震未已,而公谊秩满,挈家已南行数程。一夕,宿孤村马铺中,风电阴黑,夜半急叩门呼曰:"崔主簿在否?"送还仆曰:"在。"又呼曰:"莫州有书。"崔闻之,方披衣遽起,未开门,先问:"何人书?"曰:"无书。只教传语崔主簿:君合系地动压杀人数,辄敢擅逃过河。已收魂岱岳,到家速来。"迨开门,寂无所睹。其妻乃陈少卿宗儒之女,陈卿时知寿州。崔度其必死,遂兼程送妻孥至寿阳,次日遂卒。

宝元己卯岁,予游泗州昭信县,时大龙胡公中复初筮尉此邑,因获谒之。一日往访,其厅已摧,延别斋会话,且述栋挠之由云:"此厅不知其几千百年,凡直更者无一夕不在其下。今日五鼓忽摧,仆大惊,已谓更人必齑粉矣,急开堂扉呼之,五吏俱声喏。仆怪问曰:'汝辈夜来何处打更?'更夫对曰:'某等皆见甲士数人,仗戈叱起,令速移东廊,稍缓则死。时惊怖颠仆疾走而去,未及廊,其厅已摧。'"公因谓予曰:"台隶,贱人也,动静尚有物卫之,况崇高聪明乎?"予后还余杭,犹忆公以诗送行,有"谈经飞辨伏簪绅,杯渡西来访故人"之句。

太宗善望气。一岁春晚,幸金明,回跸至州北合欢拱圣营,雨大下。时有司供拟无雨仗,因驻跸辕门以避之,谓左右曰:"此营他日当出节度使二人。"盖二夏昆仲守恩、守赟在营方尔,后侍真庙于藩邸,当龙飞,二公俱崇高。后守恩为节度使,守赟知枢密院事,终于宣徽南、北院使。

胡大监旦丧明岁久,忽襄阳奏入,胡某欲诣阙乞见。真宗许之。既到阙,王沂公曾在中书,谓诸公曰:"此老利吻。若获对,必妄讦时政。"因先奏曰:"胡某瞽废日久,廷陛蹈舞失容,恐取笑于仗卫。乞令送中书问求见之因。"真宗令中人阁门传宣,送旦于中书,或有陈叙,具封章奏上。胡知必庙堂术也。至堂方及席,沂公与诸相具诸生之礼,列拜于前,旦但长揖。方坐,沂公问丈曰:"近目疾增损如何?"胡曰:"近亦稍减,见相公、参政只可三二分来人。"其凉德率此。再问所来之事,坚乞引对。中人再传圣语,既无计,但言襄阳元书乞赐一见。诸相曰:"此必不可得。"急具札子奏,批下,奉圣旨依奏,乞见宜不允。

尹师鲁为渭帅,与刘沪、董士廉辈议水逻城事。既矛盾,朝旨召尹至阙,送中书,给纸札供析。昭文吕申公因聚厅啜茶,令堂吏置一瓯投尹曰:"传语龙图,不欲攀请,只令送茶去。"时集相幸师鲁之议将屈,笑谓诸公曰:"尹龙图莫道建茶磨去磨来,浆水亦咽不下。"师鲁之幄去政堂切近,闻之,掷笔于案,厉声曰:"是何委巷猥语,辄入庙堂?真治世之不幸也!"集相愧而衔之。后致身于祸辱,根于此也。

范文正公镇青社,会河朔艰食,青之舆赋移博州置纳。青民大患辇置之苦，而河朔斛价不甚翔踊。公止戒民本州纳，价每斗三镪，给抄与之，俾签幕者挽金往干，曰："博守席君夷亮，余尝荐论，又足下之妇翁也。携书就彼，坐仓以倍价招之，事必可集。赍巨榜数十道，介其境则张之。设郡中不肯假廪，寄僧舍可也。"签禀教行焉，至则皆如公料。村斛时为厚价所诱，贸者山积，不五日遂足。而博斛亦衍，斛金尚余数千缗，随等差给还。青民因立像祠焉。

舒州祖山因芟薙萝蔓得一诗，刻在峭壁，乃杜牧之《金陵怀古》也。曰："《玉树》歌沉王气终，景阳兵合曙楼空。梧楸远近千家冢，禾黍高低六代宫。石燕拂云晴亦雨，江豚翻浪夜还风。英雄一去豪华尽，唯有江山似洛中。"遍阅集中无之，必牧之之作也。又《薛许昌集》中见之。

王冀公钦若乡荐赴阙，张仆射齐贤时为江南漕，以书荐谒钱希白公易，时以才名，方独步馆阁。适会延一术士以考休咎，不容通谒。冀公局促门下，因厉声诟阍人。术者遥闻之，谓钱曰："不知何人耶？若声形相称，世无此贵者，但恐形不副貌耳。愿邀之，使某获见。"希白召之。冀公单微远人，神骨疏瘦，复赘于颈，而举止山野。希白蔑视之。术者悚然，侧目瞻视。冀公起，术者稽颡兴叹曰："人中之贵有此十全者！"钱戏曰："中堂内便有此等宰相乎？"术人正色曰："公何言欤！且宰相何时而无，此君不作则已，若作之，则天下康富，而君臣相得，至死有庆而无吊。不完者，但无子尔。"钱戏曰："他日将陶铸吾辈乎？"术者曰："恐不在他日，即日可待。愿公毋忽。"后希白方为翰林学士，冀公已真拜。

唐质肃公介一日自政府归，语诸子曰："吾备位政府，知无不言，桃李固未尝为汝辈栽培，而荆棘则甚多矣。然汝等穷达莫不有命，惟自勉而已。"

刘孝叔吏部公述深味道腴，东吴端清之士也。方强仕之际，已恬于退。撰一阕以见志，曰："挂冠归去旧烟萝，闲身健，养天和。功名富贵非由我，莫贪他，这歧路，足风波。　　水晶宫里家山好，物外胜游多。晴溪短棹时时醉，唱里棱罗，天公奈我何？"后将引年，方得请为三茅宫僚，始有"养天和"之渐，夫何已先朝露，歌此阕几三十年。

信乎！一林泉与轩冕难为必期。

宋九释诗惟惠崇师绝出，尝有"河分岗势断，春入烧痕青"之句，传诵都下，籍籍喧著。余缙遂寂寥无闻，因忌之，乃厚诬其盗。闽僧文兆以诗嘲之，曰："河分岗势司空曙，春入烧痕刘长卿。不是师兄偷古句，古人诗句犯师兄。"

寇莱公一日延诗僧惠崇于池亭，探阄分题，丞相得《池上柳》"青"字韵，崇得《池上鹭》"明"字韵。崇默绕池径，驰心于杳冥以搜之，自午及晡，忽以二指点空微笑曰："已得之，已得之。此篇功在'明'字，凡五押之俱不倒，方今得之。"丞相曰："试请口举。"崇曰："照水千寻迥，栖烟一点明。"公笑曰："吾之柳，功在'青'字，已四押之，终未惬，不若且罢。"崇诗全篇曰："雨绝方塘溢，迟徊不复惊。曝翎沙日暖，引步岛风清。"及断句云："主人池上凤，见尔忆蓬瀛。"

范文正公谪睦州，过严陵祠下，会吴俗岁祀，里巫迎神，但歌《满江红》，有"桐江好，烟漠漠。波似染，山如削。绕严陵滩畔，鹭飞鱼跃"之句。公曰："吾不善音律，撰一绝送神。"曰："汉包六合网英豪，一个冥鸿惜羽毛。世祖功臣三十六，云台争似钓台高。"吴俗至今歌之。

太祖皇帝将展外城，幸朱雀门，亲自规画，独赵韩王普时从幸。上指门额问普曰："何不只书'朱雀门'，须著'之'字安用？"普对曰："语助。"太祖大笑曰："之乎者也，助得甚事？"

一岁，潭州一巨贾私藏蚌胎，为关吏所搜，尽籍之，皆南海明珠也。在仕无不垂涎而爱之，太守而下轻其估，悉自售焉。唐质肃公介时以言事谪潭倅，分珠狱发，奏方入，仁宗预料谓近侍曰："唐介必不肯买。"案具奏核，上览之，果然。真所谓"知臣莫若君"也。

开平元年，梁太祖即位，封钱武肃镠为吴越王。时有讽钱拒其命者，钱笑曰："吾岂失为一孙仲谋耶？"拜受之。改其乡临安县为临安衣锦军。是年省茔垄，延故老，旌钺鼓吹振耀山谷。自昔游钓之所，尽蒙以锦绣，或树石至有封官爵者。旧贸盐肩担，亦裁锦韬之。一邻媪九十余，携壶浆角黍迎于道，镠下车亚拜，媪抚其背，犹以小字呼之，曰："钱婆留，喜汝长成。"盖初生时光怪满室，父惧，将沉于丫溪，此媪酷留之，遂字焉。为牛酒大陈乡饮，别张蜀锦为广幄，以饮乡妇。凡男女八十已上金樽，百岁已上玉樽，时黄发饮玉者尚不减十余人。缪起，执爵于席，自唱《还乡歌》以娱宾曰："三节还乡兮挂锦衣，吴越一王驷马归。临安道上列旌旗，碧天明明兮爱日辉。父老远近来相随，家山乡眷兮会时稀，斗牛光起兮天无欺。"止。时父老虽闻歌进酒，都不之晓，武肃觉其欢意不甚浃洽。再酌酒，高揭吴喉唱山歌以见意，词曰："你辈见侬底欢喜，吴人谓"侬"为"我"。别是一般滋味子，呼"味"为"寐"。永在我侬心子里。"止。歌阕，合声赓赞，叫笑振席，欢感闾里。今山民尚有能歌者。

余杭能万卷者，浮图之真儒，介然持古人风节。有奥学，著《典类》一百廿卷。天禧中，秘馆购书，王冀公钦若特请附焉。冀公尤所礼重。其居延庆寺，在大慈坞，时儒皆抱经授业。师居尝喜阅《唐韵》，诸生长窃笑。一日出题于法堂，曰《枫为虎赋》，其韵曰"脂、入、於、地、千、岁、成、虎"。诸生皆不谕，固请之，不说。凡月余，检经、史殆百家会最小说，俱无见者，阁笔以听教。师曰："闻诸君笑老僧酷嗜《唐韵》，兹事止在'东'字韵第二版，请详阅。"诸生检之，果见"枫"字注中云："黄帝杀蚩尤，弃其桎梏，变为枫木，脂入地千年，化为虎魄。"后诸生始敬此书。又有云松液入地为虎魄者。唐李峤《咏魄》诗有"曾为老伏苓，本是寒松液。蚊蚋落其中，千年犹可觌"之句，未知孰是。余顷见虎魄中蚊蚋数枚，凝结在内，信峤诗不诬。

江南李后主煜性宽恕，威令不素著，神骨秀异，骈齿，一目有重瞳，笃信佛法。殆国势危削，自叹曰："天下无周公、仲尼，君道不可行。"但著《杂说》百篇以见志。十一月，猎于青龙山，一牝狙触网于谷，见主两泪，稽颡搏膺，屡指其腹。主大怪，戒虞人保以守之。是夕，果诞二子。因感之，还幸大理寺，亲录囚系，多所原贷。一大辟妇，以孕在狱，产期满则伏诛，未几亦诞二子。煜感牝狙之事，止流于远，吏议短之。

退傅张邓公士逊，晚春乘安舆出南薰，缭绕都城，游金明。抵暮，指宜秋而入，阍兵捧门牌请官位，退傅止书一阕于牌，云："闲游灵沼送春回，关吏何须苦见猜。八十衰翁无品秩，昔曾三到凤池来。"

江南钟辐者,金陵之才生,恃少年有文,气豪体傲。一老僧相之曰:"先辈寿则有矣,若及第,则家亡。记之!"生大悖曰:"吾方掇高第以起家,何亡之有?"时樊若水女才质双盛,爱辐之才而妻之。始燕尔,科诏遂下,时后周都洛,辐入洛应书,果中选于甲科第二。方得意,狂放不还,携一女仆曰青箱,所在疏纵。过华州之蒲城,其宰仍故人,亦酝藉之士,延留久之。一夕盛暑,追凉于县楼,痛饮而寝,青箱侍之。是夕,梦其妻出一诗为示,怨责颇深,诗曰:"楚水平如练,双双白鸟飞。金陵几多地,一去不言归。"梦中怀愧,亦戏答一诗,曰:"还吴东下过蒲城,楼上清风酒半醒。想得到家春已暮,海棠千树欲凋零。"既寤,颇厌之,因理装渐归。将至采石渡,青箱心疼,数刻暴卒。生感悼无奈,匆匆槁葬于一新坟之侧,急图到家。至则门巷空阒,榛荆封蔀,妻亦亡已数月。访亲邻,樊亡之夜,乃梦于县楼之夕也。后数日,亲友具舟携辐致奠于葬所,即青箱槁葬之侧新坟,乃是不植他木,惟海棠数枝,方叶凋萼谢,正合诗中之句。因拊膺长恸曰:"信乎!浮图师'及第家亡'之告。"因竟不仕,隐钟山,著书守道,寿八十余。江南诸书及小说皆无,惟《潘祐集》中有《樊氏墓志》,事与此稍同。

钱思公镇洛,所辟僚属尽一时俊彦。时河南以陪都之要,驿舍常阙,公大创一馆,榜曰"临辕"。既成,命谢希深、尹师鲁、欧阳公三人者各撰一记,曰:"奉诸君三日期,后日攀请水榭小饮,希示及。"三子相掎角以成其文,夕就,出之相较。希深之文仅五百字,欧公之文五百余字,独师鲁止用三百八十余字而成,语简事备,复典重有法。欧、谢二公缩袖曰:"止以师鲁之作纳丞相可也,吾二人者当匿之。"丞相果召,独师鲁献文,二公辞以他事。思公曰:"何见忽之深,已奢三石奉候。"不得已俱纳之。然欧公终未伏在师鲁之下,独载酒往之,通夕讲摩。师鲁曰:"大抵文字所忌者,格弱字冗。诸君文格诚高,然少未至者,格弱字冗尔。"永叔奋然持此说别作一记,更减师鲁文廿字而成之,尤完粹有法。师鲁谓人曰:"欧九真一日千里也。"思公兼将相之位,帅洛,止以宾友遇三子,创道服、筇杖各三。每府园文会,丞相则寿巾紫褐,三人者羽氅携筇而从之。

太宗喜弈棋,谏臣有乞编审棋待诏贾玄于南州者,且言玄每进新图妙势,悦惑明主,而万机听断,大致壅遏,复恐坐驰睿襟,神气郁滞。上谓言者曰:"朕非不知,聊避六宫之惑耳。卿等不须上言。"

真宗尝以御制《释典文字法音集》三十卷,天禧中诏学僧廿一人于传法院笺注,杨大年充提举注释院事。制中有"六种震动"之语,一僧探而笺之,暗碎繁驳将三百字。大年都抹去,自下二句止八字,曰:"地体本静,动必有变。"其简当若此。

杜祁公以宫师致仕于南都。时新榜一巍峨者出倅巨藩,道由应天。太师王资政举正以其少年高科,方得意于时,尽假以牙兵、宝辔、旌钺导从,呵拥特盛。祁公遇于通衢,无他路可避,乘款段,裘帽暗弊。二老卒敛马侧立于旁,举袖障面。新贵人颇恚其立马而避,问从者曰:"谁乎?"对曰:"太师相公。"

真宗欲择臣僚中善弓矢、美仪彩,伴虏使射弓,时双备者惟陈康肃公尧咨可焉,陈方以词职进用。时以晏元献为翰林学士、太子左庶子,事无巨细皆咨访之。上谓晏曰:"陈某若肯换武,当授与节钺,卿可谕之。"时康肃母燕国冯太夫人尚在,门范严毅。陈曰:"当白老母,不敢自辄。"既白之,燕国命杖挞之,曰:"汝策名第一,父子以文章立朝为名臣,汝欲叨窃厚禄,贻羞于阀阅,忍乎?"因而无报。真宗遗小珰以方寸小纸细书问晏曰:"主皮之议如何?"小珰误送中书,大臣慌然不谕。次日禀奏,真宗不免笑而就之:"朕为不晓此一句经义,因问卿等。"止黜其珰于前省,亦不加罪。

湘山野录卷下

　　石曼卿一日谓秘演曰："馆俸清薄，不得痛饮，且僚友镵之殆遍，奈何？"演曰："非久引一酒主人奉谒，不可不见。"不数日，引一纳粟牛监簿者，高资好义，宅在朱家曲，为薪炭市评，别第在繁台寺西，房缗日数十千。长谓演曰："某虽薄有涯产，而身迹尘贱，难近清贵。慕师交游尽馆殿名士，或游奉有阙，无吝示及。"演因是携之以谒曼卿，便令置宫醖十担为贽，列酝于庭，演为传刺。曼卿愕然问曰："何人？"演曰："前所谓酒主人者。"不得已因延之，乃问甲第何许，生曰："一别舍介繁台之侧。"其生粗亦翔雅。曼卿闲语演曰："繁台寺阁虚爽可爱，久不一登。"其生离席曰："学士与大师果欲登阁，乞预宠谕，下处正与阁对，容具家蔌在阁迎候。"石因诺之。一日休沐，约演同登。演预戒生，生至期果陈具于阁，器皿精核，冠于都下。石、演高歌褫带，饮至落景，曼卿醉喜曰："此游可纪。"以盆渍墨，濡巨笔以题云："石延年曼卿同空门诗友老演登此。"生拜扣曰："尘贱之人幸获陪侍，乞挂一名以光贱迹。"石虽大醉，犹握笔沉虑，无其策以拒之，遂目演，醉舞佯讽之曰："大武生牛也，捧砚用事可也。"竟不免，题云"牛某捧砚"。永叔后以诗戏曰："捧砚得全牛。"

　　寇莱公尝曰："母氏言，吾初生两耳垂有肉环，数岁方合。自疑尝为异僧，好游佛寺，遇虚窗静院，惟喜与僧谈真。"公历富贵四十年，无田园邸舍，入觐则寄僧舍或僦居。在大名日，自出题试贡士，曰《公仪休拔园葵赋》、《霍将军辞治第诗》，此其志也。诗人魏野献诗曰："有官居鼎鼐，无地起楼台。"采诗者以为中的。虏使至大名，问公曰："莫是'无地起楼台'相公否？"公因早春宴客，自撰乐府词，俾工歌之，曰："春早，柳丝无力，低拂青门道。暖日笼啼鸟，初折桃花小。　　遥望碧天净如扫，曳一缕轻烟缥缈。堪惜流年谢芳草，任玉壶倾倒。"

　　王冀公罢参政，真宗朝夕欲见，择便殿清近，惟资政为优，因以公为本殿大学士。公奏曰："臣虽出于寒贱，不能独宿，欲乞除一臣僚兼之。"遂以陈文僖彭年并直。一夕,公携一巨榼入宿,方与陈寒夜闲饮,遽中人持钥开宫扉独召公,匆匆而入,谓陈曰:"请同院不须相候,独酌数杯先寝。"至行在,真宗与公对饮,饮罢持禁烛送归,繁若列星。陈危坐伺之,已四更,笑曰:"同院尚未寝乎?"陈曰:"恭候司长,岂敢先寝?"喜笑倒载,解袜褫带几不能,坦腹自矜曰:"某江南一寒生,遭际真主,适主上以巨觥敌饮,仅至无算,抵掌语笑,如僚友之无间。"已而遂寝。殆晓,盥栉罢,与陈相揖,觉夜归数谈颇疏漏,自言:"夜来沉湎,殊不记归时之早晚,无乃失容于君子乎?"陈曰:"无之。但殷勤愧谢。"既别,已将趋班,同趋出殿门,执其手以语封之曰:"夜来数事,止是同院一人闻之。"文僖归谓子弟曰:"大臣慎密,体当如此。"

李侍读仲容魁梧善饮,两禁号为"李万回"。真庙饮量,近臣无拟者,欲敌饮,则召公。公居常寡谈,颇无记论,酒至酣,则应答如流。一夕,真宗命巨觥俾满饮,欲剧观其量,引数入声。大醉,起,固辞曰:"告官家撤巨器。"上乘醉问之:"何故谓天子为'官家'?"遽对曰:"臣尝记蒋济《万機论》言'三皇官天下,五帝家天下'。兼三、五之德,故曰'官家'。"上甚喜。从容数杯,上又曰:"正所谓'君臣千载遇'也。"李亟曰:"臣惟有'忠孝一生心'。"纵冥搜不及于此。

丁晋公释褐授饶俾,同年白积为判官。积一日以片幅假缗于公,云:"为一故人至,欲具飧,举箧无一物堪质,奉假青蚨五镮,不宣。积白谓之同年。"晋公笑曰:"是给我也。榜下新婚,京国富室,岂无半千质具邪?惧余见挽,固矫之尔。"于简尾立书一阕,戏答曰:"欺天行当吾何有,立地机关子太乖。五百青蚨两家阙,白洪崖打赤洪崖。"时已兆朱崖之谶。

真宗国恤,凡荫补子弟有当斋挽之职者,若斋郎止侍斋祭,若挽郎至有执绋翣导灵仗者,子弟或靳之。王沂公曾在中书翰林,李承旨维视沂公为佳婿,凡两日诣中堂,求免某子挽铎之执。沂公曰:"此末事。请叔丈少候,首台聚厅当白之。"丁晋公出厅,沂公白之。丁遂诺,谓李曰:"何必承旨亲来?"李遂拜谢。拜起,戏谓丁曰:"昨日并今日,斋郎与挽郎。"盖言两日伺之。丁应声曰:"自然堪下泪,何必更残阳?"满座服其敏捷,而事更妥帖。不数日,遂出,未及洛而南迁,下泪之谶也。

张尚书镇蜀时，承旨彭公乘始冠，欲持所业为贽，求文鉴大师者为之容。鉴曰："请君遇旃麾游寺日，具襕韐与文候之。老僧先为持文奉呈，果称爱，始可出拜。盖八座之性靡测。"一日果来，鉴以彭文呈之。公默览殆遍，无一语褒贬，都掷于地。彭公大沮。后将赴阙，临岐托鉴召彭至，语之曰："向示盛编，心极爱叹，不欲形言者，子方少年，若老夫以一语奖借，必凌忽自惰，故掷地以奉激。他日子之官亦不减老夫，而益清近。留铁缗抄二百道为缣缃之助，勉之。"后果尽然。

僧录赞宁有大学，洞古博物，著书数百卷。王元之禹偁、徐骑省铉疑则就而质焉。二公皆拜之。柳仲涂开因曰："余顷守维扬，郡堂后菜圃，才阴雨则青焰夕起，触近则散，何邪？"宁曰："此磷力振切。火也。兵战血或牛马血著土，则凝结为此气，虽千载不散。"柳遽拜之，曰："掘之，皆断枪折镞，乃古战地也。"因赠以诗，中有"空门今日见张华"之句。太宗欲知古高僧事，撰《僧史略》十卷进呈，充史馆编修，寿八十四。司天监王处讷推其命孤薄不佳，三命星禽晷禄壬遁，俱无寿贵之处。谓宁曰："师生时所异者，止得天贵星临门，必有裂土侯王在户否？"宁曰："母氏长谓某曰，汝生时卧草。钱文穆王元瓘往临安县拜茔，至门雨作，避于茅檐甚久，迨浣浴褓籍毕，徘徊方去。"

皇祐间，馆中诗笔石昌言、杨休最得唐人风格。余尝携琴访之，一诗见谢尤佳，曰："郑卫湮俗耳，正声追不回。谁传《广陵操》，老尽峄阳材。古意为师复，清风寻我来。幽阴竹轩下，重约月明开。"恐遗泯，故录焉。

苏子美有《赠秘演师》诗，中有"垂颐孤坐若痴虎，眼吻开合犹光精"之句。人谓与演写真。演颔额方厚，顾视徐缓，喉中含其声，尝若齁睡。然其始云"眼吻开合无光精"，演以浓笔涂去"无"字，自改为"犹"字，向子美诟之曰："吾尚活，岂当曰'无光精'耶？"中又有一联云："卖药得钱只沽酒，一饮数斗犹惺惺。"又都抹去。苏曰："吾之作谁敢点窜耶？"演曰："君之诗，出则传四海。吾不能断荤酒，为浮图罪人，何堪更为君诗所暴？"子美亦笑而从之。

苏子美以奏邸旧有赛神之会，局吏皆鬻积架旧伦以置肴具，岁以为常。惟子美作之，言者图席人以进，制狱锻炼，皆一时之名贤。狱既就黜，台馆为之一空，子美坐自盗律，削籍窜湖州。后朝廷有哀之之意，因郊赦文中特立一节："应监主自盗情稍轻者，许刑部理雪。"言者又抨云："郊赦之敕，先无此项，必挟情曲庇苏舜钦，固以此文舞之。析言破律杀无赦，乞付立法者于理。"竟不遂而死。有《郊禋感事》诗云"不及鸡竿下坐人"之句，哀哉！

钱文僖公若水，少时谒陈抟求相骨法，陈戒曰："过半月，请子却来。"钱如期而往，至则邀入山斋地炉中，一老僧拥坏衲瞑目附火于炉旁。钱揖之，其僧开目微应，无遇待之礼。钱颇慊之。三人者嘿坐持久。陈发语问曰："如何？"僧摆头曰："无此等骨。"既而钱公先起，陈戒之曰："子三两日却来。"钱曰："唯。"后如期谒。抟曰："吾始见子神观清粹，谓子可学神仙，有升举之分，然见之未精，不敢奉许，特召此僧决之。渠言子无仙骨，但可作贵公卿尔。"钱问曰："其僧者何人？"曰："麻衣道者。"

君谟蔡公出守福唐时，李泰伯遘自建昌携文访之。一日，命遘及陈孝廉烈早膳于后圃望海亭，不设樽酒。膳罢欲起，时方暮春，鬻酒于园，郡人嬉游，籍姬数子时亦寻芳于此，既太守在亭，因敛袖声喏而过。蔡公遂留之，旋命觥具，就以为侑。酒方行，举歌一拍，陈烈者惊惧怖骇，越墙攀木而遁。泰伯即席赋诗云："七闽山水掌中窥，乘兴登临到落晖。谁在画帘沽酒处，几多鸣橹趁潮归。晴来海色依稀见，醉后乡心积渐微。山鸟不知红粉乐，一声檀板便惊飞。"盖讥其矫之过也。

钱子高明逸，始由大科知润州，值上元，于因胜寺法堂对设戏幄。庭下方以花砖遍甃，严雅始新，子高饬役徒掘砖埋柱。时长老达观师县颖者，法辨迅敏，度其气骄难讽，但佯其语曰："可惜打破八花砖。"钱厌之，谨不敢动。

抚人饶竦者，驰辨逞才，素掉阋于都下。熙宁初，免解到阙，因又失意。当朝廷始立青苗，方沮议交上，大丞相闭门不视事之际，生将出关，以诗投相阁，曰："又还垂翅下烟霄，归指临川去路遥。二亩荒田须卖却,要钱准备纳青苗。"丞相亦以十金赒之。生少与刘史馆相公冲之有素,时刘相馆职知衡州,生假道封下,因谒之。公睹名纸,已颦额不悦。生趋前呕曰:"某此行有少急干,不可暂缓,行李已出南关,又不敢望旌麾潜过,须一拜见,但乞一饭而去。"公既闻不肯少留,遂开怀待之。问曰:"涂中无阙否?"生曰:"并无,惟乏好酒尔。"遂赠佳酝一担。拜别,鞭马遂行,公颇幸其去。至耒阳,密觇其令誉不甚谨,遽谒之曰:"知郡学士甚托致意,有双壶,乃兵厨精酝,仗某携至奉赠,请具书谢之。"其令闻以书为谢,必非诳诈;又幸其以酒令故人送至,其势可持,大喜之。急戒刻木,数刻间,酿金半镮赒之,瞥然遂去。后数日,刘公得谢酝书方寤,寤已噬脐矣。又一岁,下第出京,庇巨商厚货以免征算,自撰除目一纸,尽宰府两禁及三路巨镇,除拜迁移,皆近拟议。凡过关,首谒局史,坐定遽曰:"还闻近日差除否?"仕人无不愿闻者。曰:"某前数日闻锁院临出京,在某官宅恰见内探,录至遂行。"其间宁不少关亲旧者,闻之无不愿见。读讫即曰:"下第穷生,弊舟无一物,致烦公吏略赐一检。"其官皆曰:"岂烦如是。"言讫拜辞,飘然遂行。凡藉此术下汴、淮,历江海,其关赋仅免二三千缗。苟移其用以济大谋,遂为妙策欤。

都尉李文和公,犯御名。虽累世勋忠,尚天姻,而识学优赡,与杨文公为禅悦深交,其法辨与天下禅伯相角。沁园东北滨于池,曰"静渊庄",构茅斋,延高僧。遇萧国大长主垂悦之日,设高座,鸣法鼓于宅之法堂,命谷隐、石霜、叶县三大禅者登座演法。时大长主松峦阁设箔观焉。临际宗范,每登座,拈拄杖敲击床机,以示法用。前二师说法竟,其末叶县禅师者机用刚猛,始登座,以拄杖就膝拗折,掷于地,无一语便下。文和笑曰:"老作家手段终别。"师曰:"都尉亦不得无过。"斯须,萧国召公入箔,怪问曰:"末后长老何故发怒?"公雍容对曰:"宗门作用,施设不定,乞无赐讶。"公将薨,治而不乱,自写遗颂曰:"拈下幞头,脱却腰带。若觅生死,问取皮袋。"时膈胃躁热,尼道坚就机问曰:"都尉,众生见劫尽,大火所烧时,切要照管主人翁。"公曰:"大师与我煎一服药来。"尼无语,公曰:"这师姑药也不会煎。"投枕未安而没。

吾友契嵩师,熙宁四年没于余杭灵隐山翠微堂。入葬讫,不坏者五物:睛、舌、鼻及耳毫、数珠。时恐厚诬,以烈火重锻,锻之愈坚。嵩之文仅参韩、柳间。治平中,以所著书曰《辅教编》携诣阙下,大学者若今首揆王相、欧阳诸巨公,皆低簪以礼焉。王仲仪公素为京尹,特上殿以其编进呈,许附教藏,赐号“明教大师”。嵩童体完洁,至死无犯,火讫根器不坏,此节可高天下之士。余昔怪其累夕讲谈,音若清磬,未尝少嗄,及终方得其验。嵩字仲灵,藤州人,诗类老杜,杨公济蟠收全集。公济深伏其才,答嵩诗有“千年犹可照吴邦”之句。

夏英公镇襄阳,遇大赦,赐酺宴,诏中有“致仕高年,各赐束帛”。时胡大监旦謩废在襄,英公依诏旨选精缣十匹赠之。胡得缣以手扪之,笑曰:“寄语舍人,何寡闻至此! 奉还五匹,请检《韩诗外传》及服虔、贾谊诸儒所解‘束帛戋戋,贲于丘园’之义,自可见证。”英公检之,果见三代束帛、束修之制。若束修则十挺之脯,其实一束也;若束帛则卷其帛,屈为二端,五匹遂见十端,表王者屈折于隐沦之道也。夏亦少沮。

宋齐丘相江南李先主昇及事中主璟二世,皆为右仆射。璟爱其才而知其不正。一日,选景于华林广园,以明妆列侍,召齐丘共宴,试小妓羯鼓,齐丘即席献《羯鼓》诗曰:“巧斫牙床镂紫金,最宜平稳玉槽深。因逢淑景开佳宴,为出花奴奏雅音。掌底轻愡孤鹊噪,杖头干快乱蝉吟。开元天子曾如此,今日将军好用心。”又尝献《凤凰台》诗,中有“我欲烹长鲸,四海为鼎镬。我欲罗凤凰,天地为矰缴”之句。皆欲讽其跋扈也,而主终不听。不得意,上表乞归九华,其略云:“千秋载籍,愿为知足之人;九朵峰峦,永作乞骸之客。”主知其诈也,一表许之,赐号“九华先生”,以青阳一县舆赋给之。怨毁万状,后放归田里锁之,穴其墙以给膳,遂自经,年七十三。初,上元县一民时疾暴死,心气尚暖,凡三日复苏,乃误勾也。自言至一殿庭间,忽见先主被五木缧械甚严,民大骇,窃问曰:“主何至于斯耶?”主曰:“吾为宋齐丘所误,杀和州降者千余人,以冤诉因此。”主问其民曰:“汝何至斯耶?”其民具道误勾之事。主闻其民却得生还,喜且泣曰:“吾仗汝归语嗣君:凡寺观鸣钟当延之令永,吾受苦,惟闻钟则暂休,或能为吾造一钟尤善。”民曰：“我下民尔，无缘得见。设见之，胡以为验？”主沉虑曰：“吾在位尝与于阗国交聘，遗吾一瑞玉天王，吾爱之，尝置于髻，受百官朝。一日，如厕忘取之，因感头痛，梦神谓吾曰：‘玉天王置于佛塔或佛体中，则当愈。’吾因独引一匠携于瓦棺寺，凿佛左膝以藏之，香泥自封，无一人知者。汝以此事可验。”又云：“语嗣君：勿信用宋齐丘。”民既还家，辄不敢已，遂乞见主，具白之。果曰：“冥寞何凭？”民具以玉天王之事陈之。主亲诣瓦棺剖佛膝，果得之，感泣恸躄，遂立造一钟于清凉寺，镌其上云：“荐烈祖孝高皇帝脱幽出厄。”以玉像建塔葬于蒋山。齐丘宠待愈解。

张晦之景，以古学尚气义，走河朔，与冀州一侠少游。后侠者不轨，事败，景亦连继，捕之甚急，遂改姓名李田，遁窜四海。所至即题曰：“我非东方儿，木子也。不是牛耕土。田也。欲识我踪迹，一气万物母。”盖景尝撰《河东柳先生集序》，破题曰“一气万物之母也”，世尽知之。景所以遍题者，亦欲导于知己。简寂观道士陈履常善奏章，能游神于冥寞。景以“李田”姓名谒之，求奏一章以决休否，陈许之。一夕，天虚夜清，冠简精恪，自初夜抱章俯伏于露坛，后夜方起，起忽谴之曰：“阴冥之事，尔尚欺之，况人间乎？吾上及三清，下逮九幽，阅籍无‘李田’者。子以欺阴，固无阴征矣。”景终于一散官，寿不五十。陈康肃尧咨知荆南，怜其道穷，为葬于龙山落帽台，碑以表其墓焉。庐在荆江之湴阴，枯桑废田，子孙凋零，尽为渔樵佣估。嗟哉！陆鲁望所谓“莫倚文章庇子孙”。集三十卷行于世。

成都无名高僧者，诵《法华经》有功，虽王均、李顺两乱于蜀，亦不敢害。一旦，忽一山童至寺，言：“先生来晨请师诵经，在药市奉候。”至则已在，引入溪岭数重，烟岚中构一跨溪山阁，乃其居也。仆传其语曰：“先生请师且诵经，老病起晚。诵至《见宝塔品》，愿见报，欲一听。”至此品，报之果出，野服杖藜，两眉垂肩，但默揖爇香侧听，听罢遂入，不复出。将斋，以藤盘竹箸秫饭一盂，杞菊数瓯，不调盐酪，美若甘露。食讫，仆持衬一镮敬施之，曰：“先生寄语上人，远到山舍，不及攀送，遣仆送出路口。”因中途问仆曰：“先生何姓？”曰：“姓孙。”曰：“何名？”仆于僧掌中书“思邈”二字。僧因大骇，欲再往，仆遽失之，凡山中寻三日，竟迷旧路。归视衬资，乃金钱一百，皆良金也，中五六金，一半尚铁。由兹一膳，身轻无疾。天禧中，已一百五十岁，长游都市，后隐不见。

殿中丞程东美守宾州日，侬贼寇宾，因弃城，后得罪编置于郓，纯厚人也。能道守宾日监斩陈崇仪事甚详。自言狄相青，正月一日至宾，初六日诘旦，帅旆将起，就坐，擒陈及裨将供奉官忘其姓名。将斩之。捽二人者于庭，谓曰："二君后事，但请无虑，青一切为置之。"时陈犯英庙讳。神识荒越，卒无一词。独供奉者慷慨不怖，气貌怡然，叩狄公曰："某万死无恨，独一事须干台听：以亡母骨椟尚寄州南存留院二十年，不孝未葬，某今得罪既死，乞令烧讫，箧其骨，专遣人驰归，并家书付妻、男，将某骨与亡娘之骨买地一处葬之，则闭目受刀无恨矣。"狄公许之。擒二人者就廊酒食，时晓寒，酒饵冷落，陈但狂号不能食，独供奉者饮啖如平时，谓众兵曰："吾本一健儿，今日陪奉一崇仪使吃剑，何亏于我乎？汝辈努力，无当效我。"索纸笔写家书，一字无误。及至市，先设衾褥面北正坐，顾持刀者曰："刃铦利否？若一刀不断，我必诉汝于阴府。"言讫刃下，斩讫，大旆遂南矣。

潘逍遥阆，有诗名，所交游者皆一时豪杰。卢相多逊欲立秦邸，潘预其谋，混迹于讲堂巷，开药肆。刘少逸、鲍少孤二人者为药童，唐巾韦带，气貌爽秀。后太宗登极，秦邸之谋不集。潘有诗曰"不信先生语，刚来帝里游。清宵唐好梦，白日有闲愁"之句。事败，已环多逊宅，斯须将捕于阆。阆觉之，止奔其邻曰："吾谋逆事彰。吾若就诛，止一身；奈汝并邻，皆知吾谋，编窜屠戮者不下数十人。今若匿得吾一身，则脱汝辈数家之祸。然万无搜近之理，所谓'弩下逃箭'也。吾出门则擒之，汝辈自度宜如何？"其邻无可奈何，遂藏于壁。少顷，捕者四集，至则失之矣，朝廷下诸路画影以搜。狱既具，投多逊于崖。已而沸议渐息，阆服僧服髡须，五更持磬，出宜秋门至秦亭，挈檐为箍桶匠，投故人。阮思道为秦理掾，阴认之，遂呼至庭，俾葺故桶。阮提钱三镮，明示于阆，大掷于案，乘马遂出。阆谕其意，提金直入于室，因匿焉。既归，责阍者曰："案上三镮及桶匠安在？"皆曰："不知。"遂痛杖阍者，令捕之。阆恨之，遍寻于市，数日不得其踪。阮后徐讽秦帅曹武惠彬曰："朝廷捕潘阆甚急,闻阆亦豪迈之士,窜伏既久,欲逭死地,稍裂网他逸,则何所不至? 公,大臣也,可奏朝廷少宽捕典,或聊以一小官召出,亦羁縻之一端也。"帅然之,遂削奏,太宗以四门助教招之,因遂出。阆有清才,尝作《忆余杭》一阕,曰:"长忆西湖,尽日凭阑楼上望,三三两两钓鱼舟,岛屿正清秋。　　笛声依约芦花里,白鸟几行忽惊起,别来闲想整渔竿,思入水云寒。"钱希白爱之,自写于玉堂后壁。

蜀先主开建初,赐道士杜光庭为广德先生、户部侍郎、蔡国公。时蜀难方平,犹恶盗贼,犯者赃无多少皆斩。是岁蜀饥,有三盗糠者止得数斗,引至庭覆谳。会光庭方论道于广殿,视三囚殆亦恻隐,谓杜曰:"兹事如何?"亦冀其一言见救。而杜卒无一语,但唯唯而已。势不得已,遂斩之。杜归旧宫道院,三无首者立于旁,哭诉曰:"公杀我也。蜀主问公,意欲见救,忍不以一言活我。今冥路无归,将其奈何?"杜悔责惭痛,辟谷一年,修九幽脱厄科仪以拔之,其魂岁余方去。光庭,越州人,博学有文章,在唐为麟德殿供奉,有经纶才,唐室欲相之。

韩熙载字叔言,事江南三主,时谓之神仙中人。风彩照物,每纵辔春城秋苑,人皆随观。谈笑则听者忘倦,审音能舞,善八分及画笔,皆冠绝,简介不屈,举朝未尝拜一人。每献替,多嘉纳,吉凶仪制不如式者,随事稽正,制诰典雅,有元和之风。屡欲相之,为宋齐丘深忌,终不进用。陈觉以福州之败,齐丘庇之,特赦不诛。熙载上疏廷争,必请置法。齐丘益怒,诬以纵酒少检,贬和州司马。其实平生不饮,璟觉其潜,非久召还,年六十九,拜中书侍郎,卒。煜尝恨不得熙载为相,赠平章事,谥文靖。严仆射续以位高寡学,为时所鄙。又江文蔚尝作《蟹赋》讥续,略曰:"外视多足,中无寸肠。"又有"口里雌黄,每失途于相沫;胸中戈甲,尝聚众以横行"之句。续深赧之,强自激昂。以熙载有才名,固请撰其父神道碑,欲苟称誉取信于人。以珍货几万缗,仍辍未胜衣一歌鬟质冠洞房者,为濡毫之赠,意其获盼,必可深讽。熙载纳赠受姬,遂纳其请,文既成,但叙谱裔品秩及莬葬褒赠之典而已,无点墨道及续之事业者。续嫌之,封还,尚冀其改窜。熙载亟以向所赠及歌姬悉还之,临登车,止写一阕于泥金双带,曰:"风柳摇摇无定枝,阳台云雨梦中归。他年蓬岛音尘断,留取樽前旧舞衣。"

李丞相沆有长者誉。一世仆逋宅金数十千,忽一夕遁去,有女将十岁,美姿格,自写一券系于带,愿卖于宅以偿焉。丞相大恻之,祝夫人曰:"愿如己子育于室,训教妇德,俟长成求偶嫁之。止请夫人亲结褵,以主其婚,然而务在明洁。"夫人如所诲,及笄,择一婿亦颇良,具奁币归之,女范果坚白。其二亲后归旧京闻之,沦感心骨。丞相病,夫妇割股为羹馈之。至薨,衰绖三年。

熙宁丙辰岁,交贼寇邕,郡倅唐著作子正尽室遇害。唐,桂州人,治平中赴京调举,至全州,中途欲僦一仆,得一肩夫,乃游袁州日所役旧奴也。挈重担,劲若健羽,虽鞭马疾追,长先百步之外。恐他逸,遂遣之。其仆当日全州行至唐州,凡二千七百余里,日午已到,留书祝驿吏曰:"候桂州唐秀才至,即付之。"君后月余方到,唐下马于驿,驿吏前曰:"君非桂州唐秀才否?一月前,有人留一书在此。"因出示之。书面云:"呈桂州唐秀才。归真子谨封。"唐曰:"吾岂识归真子邪?"因启封,惟一诗,曰:"袁山相见又之全,不遇先生道未缘。大抵有心求富贵,到头无分学神仙。箧中灵药宜频施,鼎内丹砂莫妄传。待得角龙为燕会,好来黄壁卧林泉。"唐得之颇怪,因请其形貌,乃全州黜仆也。留书之日,即全州所遣之日。始悟神仙人。宝诗于箧,遇好事者则出之。及遇害,当丙辰,正合诗中谓"角龙"也。

江南徐知谔,为润州节度使温之少子也,美姿度,喜畜奇玩。蛮商得一凤头,乃飞禽之枯首也,彩翠夺目,朱冠绀毛,金嘴如生,正类大雄鸡,广五寸,其脑平正,可为枕。谔偿钱五十万。又得画牛一轴,昼则啮草栏外,夜则归卧栏中。谔献后主煜,煜持贡阙下。太宗张后苑以示群臣,俱无知者。惟僧录赞宁曰:"南倭乌和反。海水或减,则滩碛微露,倭人拾方诸蚌胎中有余泪数滴者,得之和色著物,则昼隐而夜显。沃焦山时或风挠飘击,忽有石落海岸,得之滴水磨色染物,则昼显而夜晦。"诸学士皆以为无稽。宁曰:"见张骞《海外异记》。"后杜镐检《三馆书目》,果见于六朝旧本书中载之。

真宗深念稼穑,闻占城稻耐旱,西天绿豆子多而粒大,各遣使以珍货求其种。占城得种二十石,至今在处播之。西天中印土得绿豆种二石,不知今之绿豆是否。始植于后苑,秋成日宣近臣尝之,仍赐《占稻》及《西天绿豆》御诗。

祥符已前,中贵人尽带将仕郎阶。若太尉秦翰者,左珰之名将,累立战功,始以将仕郎内侍省内府承局。今则不问。翰后建彰国军节。

初,申国长公主为尼,掖庭嫔御随出家三十余人,诏两禁送于寺,赐斋馔。传宣各令作诗送,惟陈文僖公彭年诗尚有记者,云:"尽出花钿散宝津,云鬟初剪向残春。因惊风烛难留世,遂作池莲不染身。贝叶乍翻疑轴锦,梵声才学误梁尘。从兹艳质归空后,湘浦应无解佩人。"或云作诗之说恐非。好事者能于《鹧鸪天》曲声歌之。

明州天台教主礼法师,高僧也。聚徒四百众,以《往生净土诀》劝众修行。晚结十僧,修三年忏烧身为约。杨大年慕其道,三以书留之,云:"亿闻我师比修千日之忏,将舍四大之躯,结净土之十僧,生乐邦之九品。窃曾具恳,冀徇群情,乞住世以为期,广传道而兴利。愿希垂诺,冀获瞻风。"后礼师终不诺。又贻书杭州天竺式忏主,托渡江留之。亿再拜:"昨为明州礼教主宏发愿心,精修忏法,结十人之净侣,约三载之近期,决取乐国之往生,并付火光之正受。载怀景重,窃欲劝留。诚以天台大教之宗师,海国群伦之归向,传演秘筌之学,增延慧命之期,冀其住世之悠长,广作有情之饶益。遂形恳请,馨叙诚言,得其报音,确乎不夺。虑丧人天之眼目,孰为像季之津梁?忏主大师同禀哲师,兼化本国,可愿涉钱塘之巨浪,造鄞水之净居,善说无穷,宜伸于理夺,真机相契,须仗于神交。"是年诞节,恳永兴寇相国荐紫服以留之。时马副枢知节请大年撰其父全义神道碑,润笔一物不受,止求荐一师号。马枢奏:"臣以杨某为先臣撰碑,况词臣润笔,国之常规,乞降圣旨,俾受臣所赠。"真宗召大年问之,因得以其事为奏。真宗深加叹重,谓大年曰:"但传朕意,留之住世,若师号朕与之,润笔卿宜无让。"遂赐号"法智大师",住世七年方入灭。杨希白碑其贤于塔。

向大资敏中,祥符四年十月为东岳奉册使,奏:"奉册前十日,雨雪日甚，至十一月五日诣本庙奉册，忽然景气晴和，宛若春意。"又得兖州状，称："据黄现铺人员夏兴状，今月四日将兵巡至马岭，见五人各服黄、紫衣，执旛，盖兴等恐是册使，向前迎接，忽然气雾渐起，即不见。"又得天贶观道士孙守一状："册使诣本殿烧香毕，有皂鹤两只至殿盘旋飞矗甚久。"词臣各进颂。

欧公撰《石曼卿墓表》，苏子美书，邵竦篆额。山东诗僧秘演力干，屡督欧俾速撰。文方成，演以庚二两置食于相蓝南食殿龛讫，白欧公写名之日为具，召馆阁诸公观子美书。书毕，演大喜曰："吾死足矣。"饮散，欧、苏嘱演曰："镌讫，且未得打。"竟以词翰之妙，演不能却。欧公忽定力院见之，问寺僧曰："何得？"僧曰："半千买得。"欧怒，回诮演曰："吾之文反与庸人半千鬻之，何无识之甚！"演滑稽特精，徐语公曰："学士已多他三百八十三矣。"欧愈怒曰："是何？"演曰："公岂不记作省元时，庸人竞摹新赋，叫于通衢，复更名呼云'两文来买欧阳省元赋'，今一碑五百，价已多矣。"欧因解颐。徐又语欧曰："吾友曼卿不幸蚤世，固欲得君之文张其名，与日星相磨；而又穷民售之，颇济其乏，岂非利乎？"公但笑而无说。

续湘山野录

　　本朝眷待耆德，于仪物之盛，惟王文正公也。病深，屡乞骸，不允。扶掖求对于便坐，面恳之。真宗遣皇太子出幕拜留，曰："吾方以卿翼吾儿，卿瘦瘠殆此，朕安敢强。"翌日，册拜太尉，诏礼官草仪，就都堂赴上，五日一起居，起居日，入中书预参决。遇军国重事，不限时日并入。至病之革，公召杨文公于卧内，嘱以后事曰："吾深厌烦恼，慕释典，愿未来世得为苾葛林间宴坐观心为乐。将易箦之时，君为我剃除须发，服坏色衣，勿以金银之物置棺内。用茶毗火葬之法，藏骨先茔之侧，起一茅塔，用酬夙愿。吾虽深戒子弟，恐其拘俗，托子叮咛告之。"又曰："仗子撰遗表，但罄叙感恋而已，慎毋及姻戚。"大年谓曰："余事敢不一一拜教。若剃发三衣之事，此必难遵。公，三公也。万一薨奄，銮辂必有被祧之临，自当敛赠公衮，岂可加于僧体乎？"至薨，大年与诸孤协议，但以三衣置枢中，不藏宝货而已。寿六十一。配享真宗庙廷。

　　太宗作九弦琴、七弦阮。尝闻其琴，盖以宫弦加廿丝，号为大武；宫弦减廿丝，号为小武；其大弦下宫徽之一徽定其声，小弦上宫徽之一徽定其声。太宗尝酷爱宫词中十小调子，乃隋贺若弼所撰，其声与意及用指取声之法，古今无能加者。十调者：一曰《不博金》；二曰《不换玉》；三曰《夹泛》；四曰《越溪吟》；五曰《越江吟》；六曰《孤猿吟》；七曰《清夜吟》；八曰《叶下闻蝉》；九曰《三清》；外一调最优古，忘其名，琴家只命曰《贺若》。太宗尝谓《不博金》、《不换玉》二调之名颇俗，御改《不博金》为《楚泽涵秋》，《不换玉》为《塞门积雪》。命近臣十人各探一调撰一辞，苏翰林易简探得《越江吟》，曰："神仙神仙瑶池宴，片片，碧桃零落春风晚。翠云开处，隐隐金舆挽，玉鳞背冷清风远。"文莹京师遍寻琴、阮，待诏皆云七弦阮、九弦琴藏秘府，不得见。

　　嘉祐中，仁宗自内阁降密敕："近以女谒纵横，无由禁止。今后应内降批出事，主司未得擅行，次日执奏定可否。"始数日，左承天门一宽衣老兵持竹弊器，上以败荷覆之。门吏搜之，乃金巨弁一枚，上缀巨蚌，灿然不知其数。禁门旧律尽依外门例：凡有搜拦，更不申覆，即送所司。时开封方鞫劾次，一小珰驰骑急传旨令放，其物即进呈。府尹魏公瓘不用执奏法，遂放之。唐质肃公介方在谏垣，疏曰："陛下临御以来，所降敕旨，未有若执奏内批之敕为今治世之大公也。臣风闻禁门近有搜拦之狱，传旨令放，主司殊不顾执奏之法，乞再收犯者劾之，使正其典。"疏入不报。公又疏曰："臣闻王者一语朝出，四海夕闻。今执奏之敕既为无用，乞下诏收之，免惑天下。"既而又不报。公又疏曰："臣闻开封乃天下百执事之首司也。魏某为尹臣，君父语旨辄不遵守，望端门无咫尺之地，尚敢辄尔，况九州之远乎？欲重贬魏某，以咎不遵君命之恶。臣以言职，不能早瘳清衷，亦乞罢黜。"魏由此降越州。时《感事》诗有"铁冠持白简，藩棘聚青蝇"之句。《谢上表》略云："狂风动地，孤蓬所以易飘；众斧登山，直木终须先伐。"才者爱之。

张密学秉知冀州日，一巨盗劫民之财，复乱其女。贼败，得赃，将就戮。其被盗父母以不幸之事泣诉于公。公忿极，俾设架钉于其门，凡三日，醢之，义者颇快焉。后旬年，感痁疾，一日方午剧发，中使至宅急宣，公力疾促辔至禁门，中人引至便殿，垂箔立轩陛。久之，忽箔中厉声曰："争得！"公认其声乃真宗也，不知其端，不敢奏辨。斯须又曰："张秉争得非法杀人！"公方奏曰："臣束发入仕，谨遵宪章，岂止丹笔书极典，虽一笞朴亦覆核精审。"上曰："卿自与本人对辨。"引于殿西南隅，启一狱扉，囚系万状，始悟非人世也。引一铁校罪人，血肉淋漓，脂节星散，泣数于公曰："汝用非法杀我，以肢体零散，奈何永无受托之所。"公方认冀贼也，诟之曰："汝所犯岂止一死邪！糜万躯亦不足塞其父母之耻，将敢更有诉乎！"旁有一胥，容服谨严，视之，乃秉从事河阳日一幕典也，遇公甚勤，低容曰："五刑自有常典，亦不得憾其诉。"公曰："其将奈何？"吏曰："幸公之算未尽，暂绁误至此尔。但遣之俾托生，可却还。"公怖且窘，叩其遣之之术于吏，曰："念吾与子有河阳之旧。"吏曰："遣功之大，无如《法华经》焉。但至诚许之。"公遂许归日召僧诵百部，以至添及千部。囚亦不舍，公愈怖。吏又曰："不必多为。其持诵之法但贵长久,日请一僧诵一部,许终其身,乃可遣也。"公如其说许之,果没不见。公三日神方还,观,始觉在榻后。乃日召一僧诵一部,至薨未尝一日废阙。

晏殊相年七岁,自临川诣都下求举神童。时寇莱公出镇金陵,殊以所业求见,莱公一见器之。既辞,命所乘赐马、鞯、辔送还旅邸,复谕之曰:"马即还之,鞯、辔奉资桂玉之费。"知人之鉴,今鲜其比。

太宗克复江南,得文臣徐铉,博通今古,擢居秘阁。一日,后苑象毙,上令取胆,剖腹不获。上异之,以问铉。铉奏曰:"请于前左足求之。"须臾,果得以进。亟召铉问,对曰:"象胆随四时在足,今方二月,故臣知在前左足也。"朝士皆叹其博识也。

景德初,匈奴寇澶,车驾议幸。时曹武公玮及秦翰为澶驻泊,诏许便宜军马事,不由中覆。二将议曰:"威辂不过河则已,万一渡桥,奈北澶州素不设备。"遂督士卒深阔渠以绕城,遂开,旋以枯蒿杂草覆渠面,使虏不测其深浅。驾至澶,臣僚乞驻跸澶南,宣灵诛以灭之可也。唯高殿前琼力挽銮驾以进,扬其声曰:"儒人之言多二三,愿陛下勿迟疑,不渡河无以安六军之心。"御驾方渡桥时,士卒不山呼,左右颇异之。琼曰:"乞急张黄屋,使远迩认之。"既而果齐声呼"万岁",士气欢振。是夕,车驾次北澶,匈奴毳帐前一里,星殒如巨石,其声鸣吼,移刻殆尽,此最为澶渊之先吉也。皇弟雍王元份留守东京,暴中风眩,急诏王文正旦代司留都事。

侯仁宝,即赵韩王普之甥也,世为洛阳大族,知邕州。久在岭外,求归西洛而无其计,诈以取交趾,矫其奏,乞诣阙面陈其策。太宗纳之。其舅韩王时已为卢多逊所潜,罢相出河阳。多逊当国,必知是役之艰,固欲致仁宝于败绩,以沮赵普。而太宗复不寤仁宝求归之矫,卢因奏曰:"今果许仁宝自邕至阙,复还岭表率师往取,反覆路远,恐为交人先警,岂若就湖南兵数万乘不备而袭之?"太宗深然之。诏团练使孙全兴将湖南兵三万,与仁宝南取交州。兵至白藤江,为贼尽灭,仁宝为交趾所擒,枭首于米㮚县,宜然也。全兴奔北,斩于阙下。

蜀人严储者,与苏易简之父善。储之始举进士,而苏之子易简生。三日为饮局,有日者同席,储以年月询之,日者曰:"君当俟苏公之子为状元乃成名。"坐客皆笑。后归朝,累上不捷。太平兴国五年,果于易简榜下登第。

仁庙初篡临,升衮冕,才十二岁,未能待旦,起日高时,明肃太后垂箔拥佑。一日,遣中人传旨中书,为官家年小起晚,恐稽留百官班次,每日只来这里休语断会。首台丁晋公适在药告,惟冯相拯在中书,覆奏曰:"乞候丁谓出厅商议。"殆丁参告,果传前语。晋公口奏曰:"臣等止闻今上皇帝传宝受遗,若移大政于他处,则社稷之理不顺,难敢遵禀。"晋公由此忖明肃之旨,复回责同列曰:"此一事,诸君即时自当中覆,何必须候某出厅,足见顾藉自厚也。"晋公更衣,冯谓鲁参曰:"渠必独作周公,令吾辈为莽、卓,乃真宰存心也。"初,寇忠愍南贬日,丁尝秉笔谓冯相曰:"欲与窜崖,又再涉鲸波,如何?"冯但唯唯,丁乃徐拟雷州。及丁之贬也,适当冯相秉笔,谓鲁参曰:"鹤相始欲贬寇于崖,尝有鲸波之叹,今暂屈周公涉鲸波一巡。"竟窜崖州。

郑工部文宝为陕运时,贼迁欲侵灵武,朝廷患之,诏郑便宜经度西事。郑前后自环庆亲部刍粟,越瀚海七百里,入灵武者十二次,诸羌之语皆通晓。郑心知灵武不可守,故参校史传作《河西陇右图》进呈,极言乞弃灵武。朝廷方遣大将王超援之,又力谏太宗:"太平之时慎无开边,疲弊生姓。"太宗阅奏极怒,摭以他事,坐擅议盐禁及违营田、以积石废垒筑为清远军三过,贬郴州蓝山令。王超援兵方至环州,灵武果没,遂班师。而李顺梗蜀,陇贼赵包聚徒数千附之。郑知必趋栈以进,分兵夜袭,斩其魁,歼余党。尝又轻车使蜀,至渝、涪,闻广武卒谋乱,自云安飞小楫下峡数百里,一夕擒之,所举如神。然太宗终怒,蓝山任满,更移枝江、京山二县,牢落五六年方复。

郑仲贤善诗,可参二杜之间,予收之最多。《归田录》所采者非警绝,盖欧公未全见也。在江南,师徐骑省铉小篆,尝篆千文以示铉,其字学不出一中指之甲。骑省尝曰:"篆难于小,而易于大。郑子小篆,李阳冰不及,若大篆可兼尔。"又学琴于崔谕德遵度,崔谓杨大年曰:"郑仲贤弹琴,恐古有之,若今则无。吾箧中畜雷朴一琴,号'水泉'者,乃江南故国清风阁所宝,本欲携葬泉下,托君赠之,为我于龙池题数字记于腹,此琴之声可盖余琴六七面。"仲贤没,其子於陵进于秘府。文集二十卷、《谈苑》十卷、《江表志》二十卷。寿六十一。

杜祁公衍在中书，奏："武臣带军职若四厢都虞候等出领藩郡，不惟遣使额重，而又供给优厚。在祖宗时，盖边臣俸给不足用，故以此优之，俾集边事。今四鄙宁肃，带此职者皆近戚纨绮，欲乞并罢。"仁宗深然之，许为著令，条告中外。方三日，一近姻之要者恳围掖，上不得已，忽批一内降，某人特与防御使、四厢都虞候、知南京，余人不得援例。次日，祁公执奏："臣近奉圣词，玉音未收，昨日何忽又降此批？"仁宗降玉色谕云："卿且勉行此一批，盖事有无可奈何者。"祁公正色奏曰："但道杜衍不肯。"竟罢之。

太祖收晋，水侵河东之年，晋危，使伪命殿直程再荣间道入契丹求救兵。至西楼，叩于契丹宣徽使王白，曰："南朝今收弊国，危蹙不保，乞师以救。"白深于术数，谓荣曰："晋必无患。南兵五月十七日当回，晋次日必大济。"再荣因问他后安危之数，白曰："后十年晋破，破即扫地矣。非惟晋破，而契丹亦衰，然扶困却犯中原，饮马黄河而返。"又曰："晋破二十年后，契丹微弱，灭绝几无遗种矣。子但记之。"是时，王师果不克晋。殆后十年，当太平兴国四年，方平晋垒。又白尝谓契丹扶困再犯之事者，即太宗征渔阳旋兵，雍熙丙戌岁，会曹武惠彬伐燕不利，是年冬，虏报役，王师失势于河间，虏乘胜抵黄河而退，皆如王白之言。白，冀州人，年七十，语气方直，虽事契丹，尝谏曰："南朝天地山河与虏不同，虽暂得一小胜，不足永恃。彼若雪耻，稍兴兵复燕、蓟，破榆关，而直趋滦河，恐穷庐毳幕，不劳一践而尽。"契丹厌其语，欲诛之，盖赖其学术。年八十卒。

祖、宗潜耀日，尝与一道士游于关河，无定姓名，自曰混沌，或又曰真无。每有乏则探囊金，愈探愈出。三人者每剧饮烂醉。生喜歌《步虚》为戏，能引其喉于杳冥间作清徵之声，时或一二句，随天风飘下，惟祖、宗闻之，曰："金猴虎头四，真龙得真位。"至醒诘之，则曰："醉梦语岂足凭耶？"至膺图受禅之日，乃庚申正月初四也。自御极不再见，下诏草泽遍访之，或见于轘辕道中，或嵩、洛间。后十六载，乃开宝乙亥岁也，上巳祓禊，驾幸西沼，生醉坐于岸木阴下，笑揖太祖曰："别来喜安。"上大喜，亟遣中人密引至后掖，恐其遁，急回跸与见之，一如平时，抵掌浩饮。上谓生曰："我久欲见汝决克一事，无他，我寿还得几多在？"生曰："但今年十月廿日夜晴，则可延一纪；不尔，则当速措置。"上酷留之，俾泊后苑。苑吏或见宿于木末鸟巢中，止数日不见。帝切切记其语。至所期之夕，上御太清阁四望气。是夕果晴，星斗明灿，上心方喜。俄而阴霾四起，天气陡变，雪雹骤降，移仗下阁。急传宫钥开端门，召开封王，即太宗也。延入大寝，酌酒对饮。宦官、宫妾悉屏之，但遥见烛影下，太宗时或避席，有不可胜之状。饮讫，禁漏三鼓，殿雪已数寸，帝引柱斧戳丑角反。雪，顾太宗曰："好做，好做！"遂解带就寝，鼻息如雷霆。是夕，太宗留宿禁内，将五鼓，周庐者寂无所闻，帝已崩矣。太宗受遗诏于枢前即位。逮晓登明堂，宣遗诏罢，声恸，引近臣环玉衣以瞻圣体，玉色温莹如出汤沐。

如京使柳开与处士潘阆为莫逆之交，而尚气自任，潘常嗤之。端拱中，典全州，途出维扬，潘先世卜居于彼，迎谒江浒，因偕往传舍，止于厅事。见中堂局镝甚秘，怒而问吏，吏曰："凡宿者多不自安，向无人居，已十稔矣。"柳曰："吾文章可以惊鬼神，胆气可以慑夷夏，何畏哉！"即启户扫除，处中而坐。阆潜思曰："岂有人不畏鬼神乎？"乃托事告归，请公独宿。阆出门，密谓驿吏曰："柳公，我之故人，常轻言自衒，今作戏怖渠，无致讶也。"阆薄暮以黛染身，衣豹文犊鼻，吐兽牙，被发执巨椎，由外垣而入，据厅脊俯视堂庑。是夕，月色倍霁，洞鉴毛发，柳曳剑循阶而行。阆忽变声呵之，柳悚然举目。再呵之，似觉惶惧，遽云："某假道赴任，暂憩此馆，非意干忤，幸赐恕之。"阆遂疏柳生平幽隐不法之事，厉声曰："阴府以汝积戾如此，俾吾持符追摄，便须急行。"柳忙然设拜，曰："事诚有之。其如官序未达，家事未了，倘垂恩庇，诚有厚报。"言讫再拜，继之以泣，阆徐曰："汝识吾否？"柳曰："尘土下士，不识圣者。"阆曰："只我便是潘阆也。"柳乃速呼阆下。阆素知公性躁暴，是夕潜遁。柳以惭恶，诘朝解舟。

国初文章，惟陶尚书谷为优，以朝廷眷待词臣不厚，乞罢禁林。太祖曰："此官职甚难做，依样画葫芦，且做且做。"不许罢，复不进用。谷题诗于玉堂，曰："官职有来须与做，才能用处不忧无。堪笑翰林陶学士，一生依样画葫芦。"驾幸见之，愈不悦，卒不大用。

　　明肃太后欲谒太庙，诏礼官草仪。时学臣皆以《周官》后服进议，佞者密请曰："陛下垂帘听大政，号两宫，尊称、山呼及舆御，皆王者制度。入太室，岂当以后服见祖宗邪？"遂下诏服衮冕。谏疏交上，复宰臣执议，俱不之听。不得已将诞告，赖薛简肃公以关右人语气明直，不文其谈，帝外口奏曰："陛下大谒之日，还作汉儿拜邪，女儿拜邪？"明肃无答。是夕报罢。

　　范文正公仲淹为右司谏，章献刘太后听政，忽遣一巨珰谕之曰："今后凡有大号令，不须强上拗，三五年为一宰相，不难致。"公觉其言甘，必有所谓。果诞告冬至日，大会前殿，仁宗率群臣为寿。有司将具，公上疏曰："臣闻王者尊称，仪法配天，故所以齿辂马、践厩刍尚皆有谏，况屈万乘之重，冕旒行北面之礼乎？此乃开后世弱人主以强母后之渐也。陛下果欲为大宫履长之贺，于闺掖以家人承颜之礼行之可也。抑又慈庆之容，御轩□陛，使百官瞻奉，于礼不顺。"事遂已。又独衔乞皇太后还政，疏曰："陛下拥扶圣躬，听断大政，日月持久。今上皇帝春秋已盛，睿哲明发，握乾纲而归坤纽，非黄裳之吉象也。岂若保庆寿于长乐，卷收大权，还上真主，以享天下之养。"

　　姚嗣宗，关中诗豪，忽绳检，坦然自任。杜祁公帅长安，多裁品人物，谓尹师鲁曰："姚生如何人？"尹曰："嗣宗者，使白衣入翰林亦不忝，减死一等黜流海岛亦不屈。"姚闻之大喜，曰："所谓善评我者也。"时天下久撤边警，一旦，忽元昊以河西叛，朝廷方羁笼关豪之际，嗣宗也因写二诗于驿壁，有"踏碎贺兰石，扫清西海尘。布衣能效死，可惜作穷麟"。又一绝"百越干戈未息肩，九原金鼓又轰天。崆峒山叟笑不语，静听松风春昼眠"之句。韩忠献公奇之，奏补职官。既而一庸生张，忘其名。亦堂堂人，猬髯黑面，顶青巾缁裘，持一诗代刺，摇袖以谒杜公，曰："昨夜云中羽檄来，按兵谁解扫氛埃？长安有客面如铁，为报君王早筑台。"祁公亦异之，奏补乾祐一尉，而胸中无一物，未几，以赃去任。

　　冯延巳镇临川，闻朝议已有除替。一夕，梦通舌生毛。翌日，有僧解之曰："毛生舌间，不可替也。相君其未替乎？"旬日之间，果已寝命。

江南冯谧尝于待漏堂谓诸阁老曰:"玄宗赐贺监鉴湖三百里,信为盛事。他日赐归,止得后湖足矣。"徐铉答曰:"主上贤贤下士,常若不及,岂惜一后湖? 所乏者,知章耳。"谧大有惭色。

康定中,西贼寇边,王师失律于好水川,没巨将旌旗者四五。朝廷方扰,时当国一相以老得谢,拂衣晏坐而归。两府就宅为贺,因而陈觞,退相饮酹,自矜于席曰:"某一山民耳,遭时得君,今还衮绣,告老于家。当天下平定无一事之辰,自谓太平幸民。"石参政中立应声曰:"只有陕西一大窃盗未获。"坐客吞声,簪珥几堕。

范文正公以言事凡三黜。初为校理,忤章献太后旨,贬倅河中。僚友饯于都门曰:"此行极光。"后为司谏,因郭后废,率谏官、御史伏阁争之不胜,贬睦州。僚友又饯于亭曰:"此行愈光。"后为天章阁、知开封府,撰《百官图》进呈。丞相怒,奏曰:"宰相者,所以器百官。今仲淹尽自抡擢,安用彼相? 臣等乞罢。"仁宗怒,落职贬饶州。时亲宾故人又饯于郊曰:"此行尤光。"范笑谓送者曰:"仲淹前后三光矣,此后诸君更送,只乞一上牢可也。"客大笑而散。惟王子野质力疾独留数夕,抵掌极论天下利病,留连惜别。范尝谓人曰:"子野居常病赢不胜衣,及其论忠义,则龙骧虎贲之气生焉。"明日,子野归,客有迎大臣之旨惴之者:"君与范仲淹国门会别,一笑语、一樽俎,采之皆得其实,将有党锢之事,君乃第一人也。"子野对曰:"果得觇者录某与范公数夕邮亭之论,条进于上,未必不为苍生之幸,岂独质之幸哉?"士论壮之。文正公虽极端方,而笑谑有味。师鲁时谪筠州监榷,郡守赵可度者,迎时之好恶,酷加凌忽。公为郡帅,特奏曰:"尹洙多病,可惜死于僻郡,乞令就任所医理。"可其奏。遂客于邓。举不如意,凡樽俎语言皆无惊,侑人不敢侍之,或怒至以双指扭其脸。侑者泣诉于公,公曰:"尔辈岂知,此是龙图硬性。"客笑,而师鲁不笑。

祖、宗居潜日,与赵韩王游长安市。时陈抟乘一卫遇之,下驴大笑,巾簪几坠。左手握太祖,右手挽太宗:"可相从市饮乎?"祖宗曰:"与赵学究三人并游,可当同之。"陈睥睨韩王甚久,徐曰:"也得,也得。非渠不得预此席。"既入酒舍,韩王足疲,偶坐席左,陈怒曰:"紫微帝垣一小星,辄据上次,不可!"斥之使居席右。

柳仲涂开以殿中侍御史改崇仪使、知宁边军。宁边,定州博野县是也,扼虏境之要。柳才至,间者惑边州郡,驰告契丹将犯境。独柳驰书陈五事与军帅郭宣徽守文,逆料蕃情必无犯边之事,敢以族保。后果无动。有真定人白万德者,边豪也。蕃族七百余帐,万德以威爱辖之。慕仲涂才名,愿欲亲之,凡出入界上,设帐剧饮,间以诗书讲摩,信重仰服。一夕,与之饮于边帐,谓万德曰:"中原乃君父母之邦,弃以臣胡虏,奈礼义何?观君气貌雄特,南朝大侯伯不过此尔。中原失幽、蓟六十年,将兴师取之,君能顺动先自南归,则裂茅土、封公侯,不绝其世,炳焉书其功于方册,岂不韪欤?"万德大喜,将定日率豪杰请约于境,各以所授告命交而为质。议方合,会急召知全州,万德与仲涂别曰:"君不集其事者,天乎!"

《韩忠献公神道碑》,皇帝御制也,中云:"薨前一夕,有大星殒于厩中,枥马皆鸣。"又云:"公奉诏立皇子为皇太子,被顾命立英宗为皇帝,立朕以承祖宗之序,可谓定策元勋之臣。"后铭其碑曰:"公行不归,申文是悼。尚想公仪,泪落苑草。"后御篆十字,填金,以冠其额曰:"两朝顾命定策元勋之碑。"大哉!天子之文章也,广大明白,日星之照江海,不过此辞也。

唐昭宗以钱武肃镠平董昌于越,拜镠为镇海镇东节度使、中书令,赐铁券恕九死、子孙二死。罗隐撰谢表,略曰:"镌金作誓,指日成文。盖陛下悯臣处极多虞,忧臣防奸未至,所以广开圣泽,永保私门,屈以常刑,宥其必死。虽君亲属意,在其必恕必容;而臣子尽心,亦岂敢伤慈伤爱?谨当日慎一日,戒子戒孙,不可以此而累恩,不可因兹而贾祸。"止。殆庄宗入洛,又遣使贡奉,恳承旨改回请玉册、金券。有司定仪,非天子不得用,后竟赐之。镠即以节钺授其子元瓘,自称吴越国王,名其居曰"殿",官属悉称"臣"。又于衣锦军大建玉册、金券、诏书三楼,复遣使册东夷诸国,封拜其君长。几极其势,与向之谢表所陈"处极、防微、累恩、贾祸"之诫,殊相戾矣。禅月,贯休尝以诗投之,曰:"贵极身来不自由,几年勤苦踏山丘。满堂花醉三千客,一剑光寒十四州。莱子衣裳宫锦窄,谢公篇咏绮霞羞。他年名上凌烟阁,岂羡当时万户侯?"镠爱其诗,遣客吏谕之曰:"教和尚改十四为四十州,方与见。"休性褊介,谓吏曰:"州亦难添,诗亦不改。然闲云孤鹤,何天而不可飞邪?"遂飘然入蜀,以诗投孟知祥。有"一瓶一钵垂垂老,万水千山得得来"之句。知祥厚遇之。镠后果为安重诲奏削王爵,以太师致仕。重诲死,明宗乃复镠旧爵位。

丁晋公在中书日,因私第会宾客,忽顾众而言曰:"某尝闻江南李国主钟爱一女,早有封邑,聪慧姿质,特无与比。年及厘降,国主谓执政曰:'吾止一女,才色颇异,今将选尚,卿等为择佳婿,须得少年奇表,负殊才而有门地者。'执政遍询搢绅,须外府将相之家,莫得全美。或有诣执政言曰:'尝闻洪州刘生者,为本郡参谋,岁甲未冠,仪形秀美,大门曾列二卿,兼富辞艺,可以塞选。'执政遽以上言。亟令召之,及至,皆如其说,国主大喜,于是成礼。授少卿,拜驸马都尉,鸣珂锵玉,出入中禁。良田甲第,奇珍异宝,荙奕崇盛,雄视当时。未周岁,而公主告卒。国主伤悼悲泣曰:'吾不欲再睹刘生之面。'敕执政削其官籍,一簪不与,却送还洪州。生恍若梦觉,触类如旧。"丁语罢,因笑曰:"某他日亦不失作刘参谋也。"席上闻之,莫不失色。后半载,果有朱崖之行,资货田宅在京者,悉皆籍没,孑然南行,匹马数仆,宛如未第之日,谅先兆不觉出于口吻。李公防时在丁坐,亲聆其说。

处士魏野,貌寝性敏,志节高尚。凤阁舍人孙僅与野敦缟素之旧,尹京兆日,寄野诗说府中之事。野和之,其末有"见说添苏亚苏小,随轩应是珮珊珊"之句。添苏,长安名姬也,孙颇爱之。一日,孙召添苏谓曰:"魏处士诗中以尔方苏小,如何?"添苏曰:"处士诗名蔼于天下,著鄙薄在其间,是苏小之不如矣,又何方之乎?"孙大喜,以野所和诗赠之。添苏喜如获宝,一夕之内,长安为之传诵。添苏以未见野,深怀企慕,乃求善笔札者,大署其诗于堂壁,衒鬻于人。未几,野因事抵长安,孙忻闻其来,邀置府宅,他人未之知也。有好事者密召过添苏家,不言姓氏。添苏见野风貌鲁质,固不前席。野忽举头见壁所题,添苏曰:"魏处士见誉之作。"野殊不答,乃索笔于其侧别纪一绝。添苏始知是野,大加礼遇。诗曰:"谁人把我狂诗句,写向添苏绣户中。闲暇若将红袖拂,还应胜得碧纱笼。"

李相简穆公沆,尝被同年马亮责之曰:"外议以兄为无口匏。"公笑曰："吾居政府，然无长才，但中外所陈利害，一切报罢，聊以此补国尔。今国家防制纤悉，密若凝脂，苟或徇所陈，一一行之，则所伤实多。陆象先曰'庸人挠正'，正所谓也。憸人苟一时之进，岂念于民邪？"公薨，沐浴右胁而逝。七日，盛暑中方敛，不闻腐气，信履践之明效也。

王平甫安国奉诏定蜀民、楚民、秦民三家所献书可入三馆者，令令史李希颜料理之。其书多剥脱，而得一弊纸所书花蕊夫人诗笔，书乃花蕊手写，而其辞甚奇，与王建《宫词》无异。建之辞，自唐至今，诵者不绝口；而此独遗弃不见取，受诏定三家书者，又斥去之，甚为可惜也。遂令令史郭祥缮写入三馆。既归，口诵数篇与荆公。荆公明日在中书语及之，而禹玉相公、当世参政愿传其本，于是盛行于时。文莹亲于平甫处得副本，凡三十二章。因录于此。其词曰：

> 五云楼阁凤城间，花木长新日月闲。三十六宫连内苑，太平天子住崑山。

> 会真广殿约宫墙，楼阁相扶倚太阳。净甃玉阶横水岸，御炉香气扑龙床。

> 龙池九曲远相通，杨柳丝牵两岸风。长似江南好春景，画船来往碧波中。

> 东内斜将紫禁通，龙池凤苑夹城中。晓钟声断严妆罢，院院纱窗海日红。

> 殿名新立号重光，岛上亭台尽改张。但是一人行幸处，黄金阁子锁牙床。

> 安排诸院接行廊，水槛周回十里强。青锦地衣红绣毯，尽铺龙脑郁金香。

> 夹城门与内门通，朝罢巡游到苑中。每日日高祗候处，满堤红艳立春风。

> 厨船进食簇时新，侍宴无非列近臣。日午殿头宣索脍，隔花催唤打鱼人。

> 立春日进内园花，红蕊轻轻嫩浅霞。跪到玉阶犹带露，一时宣赐与宫娃。

三面宫城尽夹墙，苑中池水白茫茫。亦从狮子门前入，旋见亭台绕岸旁。

离宫别院绕宫城，金板轻敲合凤笙。夜夜月明花树底，傍池长有按歌声。

御制新翻曲子成，六宫才唱未知名。尽将鼊篥来抄谱，先按君王玉笛声。

旋移红树厮青苔，宣赐龙池再凿开。展得绿波宽似海，水心宫殿胜蓬莱。

太虚高阁凌波殿，背倚城墙面枕池。诸院各分娘子位，羊车到处不教知。

修仪承宠住龙池，扫地焚香日午时。等候大家来院里，看教鹦鹉念宫词。

才人出入每参随，笔砚将行绕曲池。能向彩笺书大字，忽防御制写新诗。

六宫官职总新除，宫女安排入画图。二十四司分六局，御前频见错相呼。

春风一面晓妆成，偷折花枝傍水行。却被内监遥觑见，故将红豆打黄莺。

梨园弟子簇池头，小乐携来俟燕游。旋炙银笙先按拍，海棠花下合《梁州》。

殿前排宴赏花开，宫女侵晨探几回。斜望苑门遥举袖，传声宣唤近臣来。

小球场近曲池头，宣唤勋臣试打球。先向画楼排御幄，莺弦声动立浮油。

供奉头筹不敢争，上棚专唤近臣名。内人酌酒才宣赐，马上齐呼万岁声。

殿前宫女总纤腰，初学乘骑怯又娇。上得马来才欲走，几回抛鞚把鞍鞒。

自教宫娥学打球，玉鞍初跨柳腰柔。上棚知是官家认，遍遍长赢第一筹。

　　翔鸾阁外夕阳天，树影花香杳接连。望见内家来往处，水门
斜过辈楼船。

　　内人追逐采莲时，惊起沙鸥两岸飞。兰棹把来齐拍水，并船
相斗湿罗衣。

　　新秋女伴各相逢，辈画船飞到浦中。旋折荷花半歌舞，夕阳
斜照满衣红。

　　少年相逐采莲回，罗帽罗衫巧制裁。每到岸头齐拍水，竟提
纤手出船来。

　　早春杨柳引长条，倚岸缘堤一面高。称与画船牵锦缆，暖风
搓出彩丝条。

　　婕妤生长帝王家，常近龙颜逐翠华。杨柳岸长春日暮，傍池
行困倚桃花。

　　月头支给买花钱，满殿宫人近数千。遇着唱名多不语，含羞
走过御床前。

　　寒食清明小殿旁，彩楼双夹斗鸡坊。内人对御分明看，先睹
红罗十担床。

太平兴国五年，秘书丞安德裕知广济军。是岁亢旱，因祷于羿山
神祠。方注香，神自帏中冉冉而出，古服峨冠，拱揖而前立。安以至
诚所感，殊不为惧，遂诉愆亢之灾。答曰："某，堆阜之神也，久窃乡人
之荐，愧无酬答，恨力小地卑，不能兴致云雨，虽云龙司厥职，动息由
天。某当为公至主者之所，密候雨信，必先期奉报。"言讫而隐。安是
夕梦神白："雨候甚迩，只在来早。"及期大澍，千里告足。翌日，公具
牢醴以谢之。

玉 壶 清 话

［宋］文　莹　撰

黄益元　校点

校 点 说 明

　　《玉壶清话》(又称《玉壶野史》)十卷,宋文莹撰。文莹,生卒年不详,钱塘僧人,字道温,又字如晦,尝居西湖菩提寺,后隐于荆州金銮寺。主要活动于北宋仁宗、英宗、神宗年间。工诗,喜藏书,潜心野史,留意世务,多与士大夫游。另著有《湘山野录》、《续录》。

　　《玉壶清话》是文莹于神宗元丰元年(1078)作于荆州的又一部野史笔记,内容、体例与两年前所撰《湘山野录》、《续录》相仿。本书前八卷近一百六十条,杂记北宋开国至神宗朝百年间君臣行事、礼乐宪章、诗文逸事、市井见闻等;而第九卷《李先主传》、第十卷《江南遗事》,则详细记录了五代后期南唐政权"累世之隆替"、"圣贤治乱之迹",是研究五代史和北宋史的珍贵资料;其中谈诗论文之语,清曹溶则冠以"玉壶诗话"辑入《学海类编》,显现它的诗话价值。

　　本书在南宋时已有《玉壶野史》的别称,在宋元时均著录为十卷。明初编修《永乐大典》后,逐渐散阙,仅得前五卷流传,天一阁范钦等人抄访得后五卷,遂合成十卷刊行。现存《玉壶清话》有《知不足斋丛书》本、《笔记小说大观》本、《说郛》本;称《玉壶野史》则有《四库全书》本、《墨海金壶》本、《守山阁丛书》本。今以《知不足斋丛书》本为底本进行校点,遇异文参诸本对照,择善而从,不出校记。

目　　录

玉壶清话序

　　玉壶，隐居之潭也。文莹收古今文章著述最多，自国初至熙宁间，得文集二百余家，近数千卷。其间神道碑、墓志、行状、实录及奏议、碑表、野编小说之类，倾十纪之文字，聚众学之醇郁。君臣行事之迹，礼乐宪章之范，鸿勋盛美，列圣大业，关累世之隆替，截四海之见闻。惜其散在众帙，世不能尽见，因取其未闻而有劝者，聚为一家之书。及纂《江南逸事》并为李先主昪特立传，厘为十卷。且夫黄帝之时，世淳事简，尚有风后、力牧为史官，藏其书群玉山中。古之所以有史者，必欲其传；无其传，则圣贤治乱之迹，都寂寥于天地间。当知传者，亦古今之大劝也。书成于元丰戊午岁八月十日，余杭沙门文莹湘山草堂序。

卷第一

真宗尝曲宴群臣于太清楼，君臣欢浃，谈笑无间。忽问："醲醁尤佳者何处?"中贵人奏有南仁和者，亟令进之，遍赐宴席。上亦颇爱，问其价，中贵人以实对。上遽问近臣曰："唐酒价几何?"无能对者，唯丁晋公奏曰："唐酒每升三十。"上曰："安知?"丁曰："臣尝读杜甫诗曰：'蚤来就饮一斗酒，恰有三百青铜钱。'是知一升三十钱。"上大喜曰："甫之诗，自可为一时之史。"

苏翰林易简一日直禁林，得江南徐邈所造欹器，遂以水试于玉堂。一小珰传宣于公，见之不识其名，因密奏。既晓，太宗召对，问曰："卿所玩者，得非欹器乎?"公奏曰："然。"亟取进之于便坐，上亲试之以水，或增损一丝许，器则随欹，合其中，则凝然不摇。上叹曰："真圣人切诚之器也!"公奏曰："愿陛下执大宝神器，持盈守成，皆如此器，则王者之业，可与天地同矣。"上徐笑谓公曰："若腹之容酒，得此器之节，安有沉湎之过耶?"盖公尝嗜饮过中，故托此以规之。易简泣谢惭佩，上亲撰《欹器铭》及草书《诫酒诗》以赐焉。

枢密直学士刘综出镇并门，两制、馆阁皆以诗宠其行，因进呈。真宗深究诗雅，时方竞务西昆体，磔裂雕篆，亲以御笔选其平淡者，止得八联。晁迥云："凤驾都门晓，微凉苑树秋。"杨亿止选断句："关榆渐落边鸿过，谁劝刘郎酒十分。"朱巽云："塞垣古木含秋色，祖帐行尘起夕阳。"李维云："秋声和暮角，膏雨逐行轩。"孙仅云："汾水冷光摇画戟，蒙山秋色锁层楼。"钱惟演云："置酒军中乐，闻笳塞上情。"都尉王贻永云："河朔雪深思爱日，并门春暖咏《甘棠》。"刘筠云："极目关山高倚汉，顺风雕鹗远凌秋。"上谓综曰："并门在唐世，皆将相出镇。凡抵治遣从事者，以题咏述怀宠行之句，多写于佛宫道院，纂集成编，目《太原事绩》，后不闻其作也。"综后写御选句图立于晋祠。综，名臣也，少孤，依外兄通远军使董遵诲以从学。遵诲遣综贡马于朝，还日，太祖解真珠盘龙带，遣综赍赐遵诲。综时年十六岁，奏曰："臣外兄止以方贡修人臣之常节,陛下解宝勒赐之,臣窃恐勋臣别立殊绩,陛下当何以为赐?"敷奏清雅,辞容秀彻。太祖爱之,谓左右曰:"儿非常材。"从容谓之曰:"吾委遵诲以方面,不得以此为较。"后雍熙二年,擢第于梁颢榜中。同年钱若水深器之,推挽于朝。

兴国中,太宗建秘阁,选三馆书以置焉,命参政李至专掌。一日,李昉、宋琪、徐铉三学士叩新阁求书以观。至性畏慎,拒曰:"扃钥诚某所掌,签函巾幂,严秘难启,奈诸君非所职,窃窥不便。"三人者笑谓至曰:"请无虑,主上文明,吾辈苟以观书得罪,不犹愈他咎乎?"因强拉秘钥启窥。至密遣阁吏闻奏。上知之,亟走就阁赐饮,仍令尽出图籍古画,赐昉等纵观。昉上言:"请升秘阁于三馆之次。"从之。仍以飞白阁额赐之,及赐草书《千字文》。至请勒石,上曰:"《千字文》本无稽,梁武帝得钟繇破碑,爱其书,命周兴嗣次韵而成之,文理无足取。夫孝为百行之本,卿果欲勒石,朕不惜为卿写《孝经》本刻于阁壶,以敦教化也。"

熙宁元年,状元吕公溱为京尹,上殿进札子,时府推官郎中周约随趋于后。今上忽问吕曰:"卿体中无恙否?"吕对曰:"臣无事。"斯须又问:"卿果觉安否?"吕又对曰:"臣不敢强。"时吕公神彩气焰,略无少亏。将退,又问周曰:"卿见吕溱如何?"周对曰:"以臣观溱,似亦无事。"吕出殿门,深疑之,整巾拂面,索镜自照,问周曰:"足下果见溱如何?"周曰:"龙图无自疑,容彩安静。"果数日感疾,迤逦不起。此较然知圣人之观物殊有夐见,况他事可昧天鉴哉?周中立责授巴陵,亲语其尉朱元明。元明,佳士也,敢妄说乎?

景德三年,有巨星见于氐之西,光芒如金圆,无有识者。春官正周克明言:"按《天文录·荆州占》,其星名周伯,语曰:'其色金黄,其光煌煌,所见之国,太平而昌。'又按《元命苞》,此星一曰德星,不时而出。"时方朝野多欢,六合平定,銮舆澶渊凯旋,方域富足,赋敛无横,宜此星之见也。克明本进士,献文于朝,召试中书,赐及第。

太宗将亲攻范阳,李南阳至参大政,以二策抗疏为奏:"愿陛下选将帅中威武有谋、敦庞多福、克荷功名者,授宸算,付锐兵,俾往征之,大驾不出京毂,恭守宗祧,慰抚黔庶,示敌人以闲暇,策之上也。大名,河朔之咽喉,或暂驻清跸,扬天威以壮军声,策之中也。若其边霜朔雨,朝尘夕埃,翻龙凤于旗常,拥貔貅于銮辂,劳侵黼扆,士失耕农,非愚臣所知也。"疏既入,继以目疾求退,士论嘉之。

曹武惠彬始生,周晬日,父母以百玩之具罗于席,观其所取。武惠左手提干戈,右手取俎豆,斯须取一印,余无所视。后果为枢密、使相,卒赠济阳王,配享帝食。公虽兼将相之领,不以爵禄自大。造门者,皆降庑而揖。不名呼卜吏,吏之禀白者,虽剧署,不冠不与见。伐江南、西蜀二国,诸将皆稇载而归,惟公但图史衾簟而已。为藩帅,中途遇朝绅,必引车为避。过市,戢其传呼戒导吏去马不得越十轮,恐壅遏市井。性仁恕,清慎无挠,强记,善谈论。清白如寒儒,宅帑无十日之畜,至坐武帐,止衣弋绨绵袍、素胡床而已。征幽州,偶失律于涿鹿,素服待罪。赵参政昌言请案诛。朝廷察之,止责右骁卫上将军,未几遂起。赵参政自延安还,因事被劾于尚书省,久不许见。时公已复密使,三抗疏,力雪之,方许朝谒。士论叹伏。子璨,天禧三年授使相,拜制未久而卒。

太宗将蒐渔阳,李文正昉抗疏力谏曰"臣闻古哲王之制,国方五千里,务安诸夏,不事要荒。岂威德不能加乎?盖不欲以四夷劳中国。陛下岂不闻秦戍五岭,汉事三边,道殣相枕,户籍消减,一人失道,亿兆惟毒!然而开远夷、通绝域,必因魁杰之主,济以好事之臣。所以张骞凿空,班超投笔,或以重宝结之,或以强兵慑之,投躯于万死之地,快志于一朝之愤。炀帝规模广远,欲吞秦、汉,自劳万乘,亲出玉关,关右流沙骚然,民不聊生。观陛下又欲事炀帝、秦、汉之事"云云。公居常奏论皆雍容和婉,未尝有逆鳞之节。此疏之上,士论骇伏。后果伐燕无成,太宗方忆前疏忠鲠,始赐手诏,厚谕其家。

太祖初有事于太社,时国中坠典多或未修,太社祝文亦亡旧式。诏词臣各撰一文,誊录糊名以进。上览之,谓左右曰:"皆轻重失中。"独御笔亲点一文曰:"惟此庶乎得体。"开视之,乃窦仪撰者。文曰:"惟某年太岁月朔日,宋天子某敢昭告于太社:谨因仲春、仲秋,祇率常礼,敬以玉帛,一元大武,柔毛刚鬣,明粢香萁,嘉荐醴齐,备兹禋瘗,用伸报本。敢以后土句龙氏配神作主,惟神品物赖之,载生庶类,资以含洪。方直所以著其道,博厚所以兼其德,有社者敢忘报乎? 尚飨。"遂诏仪定其仪注。公以《开元礼》参酌于三代之典,继以进熟之际作《雍和乐》。太社之馔自正门入,配坐之馔自左闼入。皇帝诣罍洗之仪,并如圆丘。诣太社樽所,执樽者举幂。赞酌醴齐,太常卿引皇帝于太社神坐前捧爵跪奠,太祝持版进于神坐之右,西向,跪读祝文。

　　黄夷简闲雅有诗名,在钱忠懿王俶幕中,陪尊俎二十年。开宝初,太祖赐俶开吴镇越崇文耀武功臣,遣夷简谢于朝。将归,上谓夷简曰:"归语元帅,朕已于薰风门外建离宫,规模华壮,不减江浙,兼赐名'礼贤宅',以待李煜与元帅,先朝者即赐之。今煜崛强不朝,吾将讨之,元帅助我乎? 无为他谋所惑,果然,则将以精兵坚甲奉赐。向克常州,元帅有大功,俟江南平,可暂来相见否? 无他,但一慰延想尔,固不久留,朕执圭币三见于天矣,岂敢自诬? 即当遣还也。"夷简受天语,俯首而归,私自筹曰:"兹事大难,王或果以去就之计见决于我,胡以为对?"殆归,见俶,因不匿,尽以天训授之,遂称疾于安溪别墅,保身潜遁。夷简《山居》诗有"宿雨一番蔬甲嫩,春山几焙茗旗香"之句。雅喜治释。咸平中,归朝为光禄少卿,后以寿终焉。

　　苗训仕周为殿前散员,学星术于王处讷,从太祖北征。处讷谕训曰:"庚申岁初,太阳躔亢宿,亢怪性刚,其兽乃龙,恐与太阳并驾,若果然,则圣人利见之期也。"至庚申岁旦,太阳之上复有一日,众皆谓目眩,以油盆俯窥,果有两日相磨荡,即太祖陈桥起圣之时也。处讷幼梦持镜照天,列宿满中,割腹纳之,遂通晓星纬之学。太祖即位,枢密使王朴建隆二年辛酉岁撰《金鸡历》以献。上嘉纳之,即改名曰《应天历》,御制历序。处讷谓所知曰:"此历更二十年方见其差,必有知之者,吾不得预焉。"至太平兴国六年辛巳,吴昭素直司天监,果上言《应天历》大差。太宗诏修之。

　　钱昱,忠献王宏佐长子也,读书强记。在故国,与赞宁僧录选举竹数束,得一事抽一条,昱得百余条,宁倍之,昱著《竹谱》三卷,宁著《笋谱》十卷。昱轻便美秀,太祖受禅,伯父俶遣持贡入阙,赐后苑宴射。时江南使者已先中的,令昱解之,应弦而中,赐玉带旌赏之。归朝，愿以刺史求试，乞换台阁，送学士院试制诰三篇，格在优等，改秘书监。尤善翰牍。太宗取阅，深爱之，谓左右曰："诸钱笔札多学浙僧亚栖书，体格浮软，其失仍俗。独此儿不类。"以御书金花扇，及行草写《急就章》赐之。后南郊，当增秩，上曰："丞郎德应星象。昱，王孙也，检操无守，不宜膺之。"授郢团，盖慎惜名器也。

太祖征太原还，至真定，幸龙兴观。道士苏澄隐迎銮驾，霜简星冠，年九十许，气貌翘竦。上因延问甚久，自言："顷与亳州道士丁少微、华山陈抟结游于关、洛，尝遇孙君房麛皮处士。"上问曰："得何术？"对曰："臣得长啸引和之法。"遂令长啸，其声清入杳冥，移时不绝。上嘿久，低迷假寐，殆食顷，方欠伸，其声略不中断。上大奇之，因问引导之法、养生之要。隐对曰："王者养生异于是。老子曰：'我无为而民自化，我无欲而民自正。'无为无欲，凝神太和，黄帝、唐尧所以享国永图，得此道也。"遂赐"颐素先生"。

戚同文，东都之真儒，虽古之纯德者，殆亦罕得。其徒不远千里而至，教诲无倦，登科者题名于舍，凡孙何而下，七榜五十六人。不善沽矫，乡里之饥寒及婚葬失其所者，皆力赈之。好为诗，有《孟诸集》。杨侍读徽之守南都，召至郡斋，礼遇益厚，唱和不绝。杨谓君曰："陶隐居昔号坚白先生，以足下纯白可侔，仆辄不揆，已表于朝，奏乞坚素之号，未知报否。"后果从请。及殁，旧学百余楹，过如庠序之盛。州郡惜其废，奏乞赐额为本府书院，命奉礼郎戚舜宾主之，即纶子也。

李南阳至尝作《亢宫赋》，其序略曰"予少多疾，羸不胜衣。庚寅岁冬夕，忽梦游一道宫，金碧明焕，一巨殿，一宝床，岿然于中。一金龙蟠踞于床之上，碧髯金鬣，光射天地。旁有绿衣道士，转眄若岩电，谓余曰：'此亢宿之宫也。大象无停轮，宜速拜之。汝将事此龙，积疾亦消。'予将拜，龙辄先拜"云。至道初，太宗立真宗为皇太子，命公与李沆相并为宾客，太宗戒真皇曰："二臣皆宿儒重德，不可轻待。吾选正人辅导于汝，宗基国本，吾无虑矣。"真宗恭禀皇训，见必先拜，符亢宫之兆也。

李集贤建中，恬退喜道，处搢绅有逍遥之风。善翰札，行笔尤工，至于草隶分篆，俱绝其妙，人得之则宝焉。为诗清淡闲暇，如其人也。

有《杭州望湖楼》诗：“小艇闲撑处，湖天景物微。春波无限绿，白鸟自由飞。落日孤汀远，轻烟古寺稀。时携一壶酒，恋到晚凉归。”《西湖》诗有“涨烟春气重，贮月夜痕深”之句，皆类于此。晚喜洛中景物，求留居。园池亭榭，萧洒自如，每喜诵《楞严经》中四句云：“将闻持佛佛，何不自闻闻？闻复翳根除，尘消觉圆净。”凡起居皆咏之。后被诏与张君房集贤校勘《道藏》，时号称职。

真宗为寿春郡王开府，太宗诏宰臣：“为朕选端方纯明、有德学、无过阙臣僚二人为王友。”佥择累日，惟得崔遵度、张士逊尔。遵度与物无竞，口未尝言是非，清洁完好，不喜名势，掌右史十年，每立殿墀，匿身楯槛之外，以避顾盼。善琴，得古人深趣，著《琴笺》十篇。鸣琴于室，妻子殆不得见，通夕只闻琴声。张士逊邓公，生均州郧乡深山间，始冠已有纯德，称于乡里。京西旧有淫祀曰大戒，其设颇雄，立二十四司、三十六门。公幼往观之，其巫传神语曰：“张秀才请于中书门下坐。”后果以师儒之重相仁庙，出处皆太平，寿八十六。

长安一巨冢坏，得古铜鼎，状方而四足，古文一十六字，人莫之晓。命句中正辨其篆，曰：“此鸟迹文也。其词曰：‘天王迁洛，岐、酆锡公。秦之幽宫，鼎藏于中。’”命杜镐考其事，曰：“武王克殷，都于酆、镐，以雍州为王畿。及平王东迁洛邑，以岐、酆之地赐秦襄公。篆曰‘岐、酆锡公’，必秦襄之墓也。”后耕人果得折丰碑，刻云“秦襄公墓”。中正有字学，篆、隶、行、草尽精，与徐铉校定《说文》，又同吴杨文举撰《雍熙广韵》，遂值史馆，篆太宗神主，藏太室西壁，及篆谥宝，遂赐金紫。益州华阳人也。

太祖问赵韩王：“儒臣中有武勇兼济者何人？”赵以辛仲甫为对，曰：“仲甫才勇有文，顷从事于郭崇，教其射法，后崇反师之。赡辨宏博，纵横可用。”遂召见。时太祖方以武臣戡定寰宇，更不暇他试，便令武库以乌漆新劲弓令射。仲甫轻挽即圆，破的而中。又取坚铠令擐之，若被单衣。太祖大称爱。仲甫奏曰：“臣不幸本学先王之道，愿致陛下于尧、舜之上。臣虽遇昌时，陛下止以武夫之艺试臣，一弧一矢，其谁不能？”上慰之曰：“果有奇节，用卿非晚。”后扬历险易，雍熙三年参大政。公尝为起居舍人，使契丹，虏主曰：“中朝党进者，真骁将也。如进辈有几?"虏所以固矜者,谓进本虏族,中国无之。公哑对:"若进辈,鹰犬弩材尔。行伍中若进者,不可胜数。"虏主少沮,意欲执之,辛曰:"两国以诚讲好,今渝约见留,臣有死而已。尝笑李陵辈苟生甘耻于羊酪之域,无足取也。"契丹因厚修礼遣送之,度其志必不可夺也。

卷第二

开宝塔成,欲撰记,太宗谓近臣曰:"儒人多薄佛典,向西域僧法遇自摩竭陁国来,表述本国有金刚坐,乃释迦成道时所踞之坐,求立碑坐侧。朕令苏易简撰文赐之,中有鄙佛为夷人之语,朕甚不喜,词臣中独不见朱昂有讥佛之迹。"因诏公撰之。文既成,敦崇严重,太宗深加叹奖。公举进士之时,赵韩王深所器重,谓人曰:"朱有君子之风,寿德远到。"时宗人朱遵度有学名,谓之"朱万卷",目公为"小万卷"。扬历清贵三十年,晚以工部侍郎恳求归江陵,逾年方允。止令谢于殿门外,复诏赐坐。时方剧暑,恩旨宠留,诏秋凉进程。时吴淑赠行诗,有"汉殿夜凉初阁笔,渚宫秋晚得悬车"之句,尤为中的。锡宴玉津园,中人传诏,令各赋诗为送。若李承旨维有"清朝纳禄犹强健,白首还家正太平",及陈文惠公尧佐"部吏百函通爵里,送兵千骑过荆门"之句,凡四十八篇,皆警绝一时,朝论荣之。弟协亦同时隐,皆享眉寿,家林相接,谓之渚宫二疏。荆帅陈康肃尧咨表其居为东、西致仕坊。八十二薨,门人请谥正裕先生。

王宫保溥,乾德初,相太祖,以旧相先朝令德,固优待之。故事,一品班在台省之后,特制分台省班于东西,遂为著式。公父祚,并州郡小史,后以防御使致仕于家,眉寿康福。每搢绅拜于其家,置樽为寿,公必朝服侍立,客辄不安,引避于席。祚曰:"学生仆之犹犬尔,岂烦谦避耶?"溥后纂集苏冕、崔铉二《会要》,撰成一百卷,目曰《唐会要》。教其子贻孙,尤负奥学。上尝问赵韩王曰:"男尊女卑,男何以跪而女不跪?"历问学臣,无有知者,惟贻孙曰:"古者男女皆跪。至天后世,女始拜而不跪。"韩王曰:"何以为质?"贻孙曰:"古诗云'长跪问故夫'。"遂得振学誉。

冯瀛王道,德度凝厚,事累朝,体貌山立。其子吉,特浮俊无检,为少卿。善琵琶,妙出乐府,世无及者。父酷戒之,略不少悛。一日家宴,因欲辱之,处贱伶之列,众执器立于庭,奏数曲罢,例以缠头缣锶随众伶给之。吉置缣锶于左肩,抱琵琶按膝长跪,厉声呼谢而退,家人大笑于箔,回首谓父曰:"能为吉进此技于天子否?"凡宾僚饮聚,长为不速,酒酣即弹,弹罢起舞,舞罢作诗,昂然而去,自谓曰"冯三绝"。及撰昭宪太后谥议,举朝叹服。乾德四年郊,礼容乐节,刊正渐备,有司奏其阙典,但少宗庙殿庭宫悬三十六架,加鼓吹熊罴十二。"按《乐礼》,朝会登歌用《五瑞》,郊庙奠献用《四瑞》,回至楼前奏《采茨》之曲,御楼奏《隆安》之曲,各用乐章。又《八佾》之舞,以象文德武功,请用《玄德升闻》、《天下大定》之舞。"率从其请。

江南边镐初生,其父忽梦谢灵运持刺来谒,自称前永嘉守,修髯秀彩,骨清神竦,所被衣巾,轻若烟雾,曰:"欲托君为父子。顷寄浙西飞来峰翻译《金刚经》,然其经流分,中有未合佛旨处,愿寄君家刊正。无他祝,慎勿以荤膻啖我,及七岁,放我出家为真僧,以毕前经。"梦讫,镐生。眉貌高古,类梦中者,父爱之。小字康乐,成童聪敏,攻文字尽若夙诵。坚求出家,其亲不肯,以荤迫之。初不能食,后亦稍稍。及冠,翘秀,娈姻者众,双亲强而娶焉。后嗣主爱其博雅,累用之,然而柔懦寡断,惟好释氏。初,从军平建州,凡所克捷,惟务全活。建人德之,号为"边罗汉"。及克湘潭,镐为统军,诸将欲纵掠,独镐不允。军人其城,巷不改市。潭人益喜之,谓之"边菩萨"。及帅于潭,政出多门,绝无威断,惟事僧佛。楚人失望,谓之"边和尚"。

太祖初郊,凡阙典大仪,修讲或未全备,至于勘契之式,次郊方举。大礼毕,銮辂还至阙门,则行勘箭之仪,内中过殿门,则行勘契之仪。勘箭者,其箭以金铜为镞,长三寸,形若凿柄。其筶香檀木为之,长三尺,金镂饰其端,以绛罗泥金囊韬之,金吾仗掌焉。其镞以紫罗泥金囊贮之,驾前司掌焉。每大驾还,阖中扇,驻跸少俟,有司声云:"南来者何人?"驾前司告云:"大宋皇帝。"行大礼毕,礼仪使跪奏曰:"请行勘箭。"金吾司取其筶,驾前司取其镞,两勘之罢,即奏曰:"勘箭讫。"有司又声曰:"是不是?"赞喝者齐声曰:"是。"如是者三,方开扇分班起居迎驾。大辂方进,勘契者以香檀刻鱼形,金饰鳞鬣,别以香檀板为鱼形,坎而为范。其鱼则驾前司掌焉,其范则宫殿门司掌焉。銮舆过宫殿门,以鱼合范,然后开扇迎驾。其赞唱喝迎拜,一如勘箭之式。

真宗喜谈经。一日，命冯元谈《易》，非经筵之常讲也。谓元曰："朕不欲烦近侍久立，欲于便斋亭阁选纯孝之士数人，上直司人，便裹顶帽，横经并坐，暇则荐茗果，尽笑谈，削去进说之仪，遇疲则罢。"元荐查道、李虚己、李行简三人者预焉。奏曰："道，歙州人。母病，尝思鳜羹，方冬无有市者，道泣祷河神，凿冰脱巾，取得鳜鱼果尺余以馈母。后举贤良，入第四等。虚己母丧明，医者曰：'浮翳泊睛，但舌舐千日，勿药自瘳。'虚己舐睛三年，遂明。行简父患痈极痛楚，以口吮其败膏，不唾于地，父疾遂平。"真宗立召之，日俾陪侍，喜曰："朕得朋矣。"

太祖收并门，凯旋日，范杲为县令，叩回銮进讲《圣寿诗》，有"千里版图来浙右，一声金鼓下河东"之句。上爱之，赐一官，改服色。

擒刘铢至阙下，欲献俘太庙，莫知其仪。时张昭以户部尚书致仕于家，深识典故，国初规制，皆张昭与窦仪所定。太祖遣学士李瀚就问俘庙之仪，庶同参酌。张昭卧病，口占其式以授瀚，不遗一字。瀚遂心服昭之该明。

太宗居晋邸，问宾僚："今朝父子一德者何人？"有以刘温叟父子为对者。温叟父岳，退居河阴，温叟方七岁，尝谓客曰："吾老矣，他无所觊，但得世难稍息，与此儿偕为温、洛之叟，耕钓烟月，为太平之渔樵，平生足矣。"后记父语，父因名焉。岳，后唐为学士；温叟，晋少帝时又为学士，人尽荣之。受命之日，抱敕立堂下，其母未与之见。隔帘闻鱼钥声，俄而开箧，二青衣举一箱至庭，则紫袍、兼衣也，母始卷帘见之，曰："此则汝父在禁林内库所赐者。"温叟跪泣捧受，开影寝列袍，以文告其先，方拜母庆。以父名岳，终身不听乐。大朝会有乐，亦以事辞之。客有犯其讳，则恸哭急起，与客遂绝。太宗闻之，嘉叹益久。温叟时为中丞，家贫，太宗致五百缗以赠之，拜赆讫，以一柜贮于御史府西楹，令来使缄镝而去。至明年端午，以纨扇、角黍赠之，视其封宛然。所亲讽之曰："晋邸赠缗，恤公之贫，盍开扃以济其乏？"温叟曰："晋王身为京兆尹，兄为天子，吾为御史长，拒之则鲜敬，受之则何以激流品乎？"后太宗闻之，益加叹重。

乾德三年再郊，范鲁公质为大礼使，以卤簿青油队旧有甲骑尽聚于武库，磨锃坚厚，精明可畏，于礼容有所不顺。陶穀尚书为礼仪使，出意莼之以青绿画黄绢为甲文，青巾裹之。绿青绢为下裙，绛皮为络，长短至膝，加珂纹铜铃，绕前膺及后鞦，至今用焉。穀本姓唐，避晋祖讳易之。明博该敏，尤工历象。时伪晋房势方炽，谓所亲曰："五星数夜连珠于西南，已累累大明，吾辈无左衽之忧，有真主已在汉地。观房帐腾蛇气缠之，虏主必不归国。"未几，德光薨于汉。又孛东起，芒侵于北，穀曰："胡雏非久，自相吞噬，安能乱华？"后皆尽然。

窦禹钧生五子：仪、俨、侃、偁、僖等，相继登科。冯瀛王赠禹钧诗有"灵椿一树老，丹桂五枝芳"。时号"窦氏五龙"。昆仲材业，仪、俨尤著。仪为礼部侍郎，太祖欲相之。赵韩王自寡学，忌仪明博，亟引薛居正参大政以塞之。弟俨素蕴文学，为周世宗所重，判太常寺，校管籥钟磬，辨清浊上下之数，分律吕还相之法，去京房清宫一管，调之二年，方合大律。又善乐章，凡三弦之通，七弦之琴，十二弦之筝，二十五弦之瑟，三漏之篪，七漏之笛，八漏之篪，十七管之笙，二十三管之箫，皆立谱调，按通而合之。器虽异而均和不差，编于历代乐章之后，目曰《大周正乐谱》。乐寺掌之，依文教习。尤善推步星历，与卢多逊、杨徽之同在谏垣，预谓二公曰："丁卯岁，五星当连珠于奎。奎主文，又在鲁分，自此天下始太平。二拾遗必见之，老夫不与也。"果在乾德丁卯岁，五星连珠于奎，太宗镇兖、海。其明博如此。

太祖尝谓赵普曰："卿苦不读书。今学臣角立，隽轨高驾，卿得无愧乎？"普由是手不释卷，然太祖亦因是广阅经史。

李瀚及第于和凝相榜下，后与座主同任学士。会凝作相，瀚为承旨，适当批诏，次日于玉堂辄开和相旧阁，悉取图书器玩，留一诗于榻，携之尽去，云："座主登庸归凤阁，门生批诏立鳌头。玉堂旧阁多珍玩，可作西斋润笔不？"

艾侍郎颖，少年赴举，逆旅中遇一村儒，状极茸阘，顾谓艾曰："君此行登第必矣。"艾曰："贱子家于郓，无师友，加之汶上少典籍，今学疏寡，聊观场屋尔，安敢俯拾耶？"儒者曰："吾有书一卷以授君，宜少俟于此，诘旦奉纳。"翌日，果持至，乃《左传》第十卷也。谓艾曰："此卷书不独取富贵,后四十年亦有人因此书登甲科,然龄禄俱不及君。记之。"艾颇为异,时亦讽诵,果会李愚知举,试《铸鼎象物赋》,事在卷中,一挥而就。愚爱之,擢甲科。后四十年,当祥符五年,御前放进士,亦试此题,徐奭为状元。后艾果以户部侍郎致仕,七十八岁薨于汶;徐年四十四,为翰林学士卒。

乾德初,国用未丰。苏晓为淮漕,议尽榷舒、庐、蕲、黄、寿五州茶货,置十四场,一萌一蘖,尽搜其利,岁衍百余万缗。淮俗苦之。后晓舟败溺,淮民比屋相贺。

秦亭之西北夕阳镇,产巨材,森郁绵亘,不知其极,止利于戎。建隆初,国朝方议营造,尚书高防知秦州,辟地数百里,筑堡扼其要,募兵千余人,为采造务,与戎约曰:"渭之北,戎有之;渭之南,秦有之。"果获材数万本,为栿蔽渭而下。后番部率帐族绝渭夺筏杀兵,防出师与战,翦戮其众,生擒数十人,絷俘于狱以闻。太祖悯之,曰:"夺其地之所产,得无争乎? 仍速边州之扰,不若罢之。"下诏厚抚其酋,所絷之戎,各以袍带优赐之,遣还其部。诸戎泣谢。后上表,愿献美材五十万于朝。

许仲宣,青社人,三为随军转运使,心计精敏,无丝发遗旷。征江南,军中之须,当不备之际,曹武惠公固欲试之,凡所索则随应给。王师将夜攻城,仲宣阴计之曰:"永夕运锸,宁不食耶? 既膳,无器可乎?"预科陶器数十万,夜半爨成食,兵将就食,果索其器,如数给之。他率类此。征交州,为广西漕,士死于瘴者十七八,大将孙金兴失律,仲宣奏乞罢兵,不待报,以兵分屯湖南诸州,开帑赏给,纵其医饵,谓人曰:"吾夺瘴岭客魂数万,生还中国,已恨后时,若更俟报,将积尸于广野矣。诛一族,活万夫,吾何恨哉?"又飞檄谕交人以祸福。交人遂送款乞内附,遣使修贡。仲宣上表待罪。太宗褒诏大嘉之。以秘书监致仕于家,八十三终,谥仁惠公。

《憨说》者,不知何人所撰,偶一敝册中录之,云:"熙宁丙辰四月二十六日,襄州通衢一死妇,理官验之,带二公符云:'潭州妇人阿毛,其夫杨全配隶房陵,既死本州,请陈愿负夫骨归葬故乡,遭时大疫,遂毙于道。'"呜呼,辕门之匹妇,岂不知改从于人,免冻馁以苟余生乎?

翻能以义藏中，惮然不惮数千里之远，负夫骨以归。此节妇义女之为，反毙于道。天乎！福善助顺之理，信所以难忱也。膏粱士族之家，夫始属纩，已欲括飧结橐求他耦而适者多矣，宜将何理以殛之？

郭忠恕画殿阁重复之状，梓人较之，毫厘无差。太宗闻其名，诏授监丞。将建开宝寺塔，浙匠喻皓料一十三层，郭以所造小样末底一级折而计之，至上层余一尺五寸，杀收不得，谓皓曰："宜审之。"皓因数夕不寐，以尺较之，果如其言。黎明，叩其门，长跪以谢。尤工篆籀诗笔，惟纵酒无检，多突忤于善人。聂崇义建隆初拜学官，河、洛之师儒也，赵韩王尝拜之。郭使酒咏其姓，玩之曰："近贵全为'�'，攀龙即是'聋'，虽然三个耳，其奈不成聪。"崇义应声反以"忠恕"二字解其嘲曰："勿笑有三耳，全胜畜二心。"忠恕大惭，终亦以此败检，坐谤时政，擅货官物，流登州。中途卒，藁葬于官道之旁。他日亲友与敛葬，发土视之，轻若蝉蜕，殆非区中之物也。李留台建中以书学名家，手写《忠恕汗简集》以进，皆科蚪文字。太宗深悼惜之，诏付秘阁。

卷第三

卢多逊相生曹南，方幼，其父携就云阳道观小学，时与群儿诵书，废坛上有古签一筒，竞往抽取为戏。时多逊尚未识字，得一签，归示其父，词曰："身出中书堂，须因天水白。登仙五十二，终为蓬海客。"父见颇喜，以为吉谶，留签于家。迨后作相，及其败也，始因遣堂吏赵白阴与秦王廷美连谋，事暴，遂南窜，年五十二，卒于朱崖。签中之语，一字不差。初，多逊与赵韩王睚眦，太宗践祚，每召对，即倾之。上以肤受，颇惑之，黜普于河阳。普朝辞，抱笏面诉，气慑心懔，奏曰："臣以无状之贱，获事累圣，况曩日昭宪圣后大渐之际，臣与先帝面受顾命，遣臣亲写二券，令大宝神器传付陛下，以二书合纵批文，立臣衔为证。其一书先后纳于棺，一书先帝手封收宫中。乞陛下试寻之，孤危之迹，庶乎少雪。臣此行身移则事起，豺狼在途，危若累卵，谁与臣辨？"后果得此书于禁中，帝疑既释，窜多逊于朱崖。上谓普曰："朕几欲诛卿。"故王禹偁《韩王挽词》有"鸿恩书册府，遗训在金縢"，乃此事也。

至道元年灯夕，太宗御楼，时李文正昉以司空致仕于家，上亟以安舆就其宅召至，赐坐于御榻之侧，敷对明爽，精力康劲。上亲酌御尊饮之，选殽核之精者赐焉，谓近侍曰："昉可谓善人君子也，事朕两入中书，未尝有伤人害物之事，宜其今日所享也。"又从容语及平日藩邸唱和之事。公遽离席，历历口诵御诗几七十余篇，一句不讹。上谓曰："何记之精耶？"公奏曰："臣不敢妄对。臣自得谢无事，每晨起盥栉，坐于道室，焚香诵诗，每一诗日诵一遍，间或却诵道佛书。"上喜曰："朕亦以卿诗别笥贮之，每爱卿翰墨楷秀，老来笔力在否？"公对曰："臣素不善书，皆犹犬宗讷所写尔。"上即令以六品正官与之，遂除国子监丞。

吕中令蒙正，国朝三入中书，惟公与赵韩王尔，未尝以姻戚徼宠泽。子从简当奏补，时公为揆门相，旧制，宰相奏子，起家即授水部员外郎,加朝阶。公奏曰:"臣昔忝甲科及第,释褐止授九品京官。况天下才能老于岩穴,不能沾寸禄者无限。今臣男从简始离襁褓,一物不知,膺此宠命,恐罹阴谴。止乞以臣释褐日所授官补之。"固让方允,止授九品京官,自尔为制。公生于洛中祖第正寝,至易箦,亦在其寝。其子集贤二卿居简,平日亲与文莹语此事云。

张司空齐贤致仕归洛,康宁富寿,先得裴晋公午桥庄,凿渠周堂,花竹照映,日与故旧乘小车携胾游钓,榜于门曰:"老夫已毁裂轩冕,或公绶垂访,不敢拜见。"造一卧罾,以视田稼。醉则憩于木阴,酒醒则起。尝以诗戏示故人:"午桥今得晋公庐,花竹烟云兴有余。师亮白头心已足,四登两府九尚书。"公慕唐李大亮为人,对上前,申明律意,惟务裁减,又奏乞罢三班吏杖罚,请从赎论,皆可之。为江南东、西漕,经制饶、信、虔三州钱料,极为永便。又议私铸之典曰:"小人虽加死法,亦盗铸不已,间或败遁,则啸聚林谷。臣询砂镴钱每一金,煤屑铅炭亦不减三分,但乞许民间折三分通用,既无厚利,自然不为矣。"后台省驳议,恐隳县官法,遂寝其行。

梁丞相适始任刑详,一旦,随判院卢南金上殿进札子,奏案中偶有臣僚名次公者。仁宗忽问曰:"因何名次公?"判院以明法登仕,不能即对,时梁代对曰:"臣闻汉黄霸字次公,必以霸字而名也。"上遂问曰:"卿是何人?"对曰:"臣秘书丞、审刑详议官梁适。"又问:"卿是那个梁家?"对曰:"先臣祖颢、先臣父固俱中甲科,独臣不肖,于张唐卿榜行间及第。"上曰:"怪卿面貌酷肖梁固。"他日上殿进札子,进罢,适抱笏俯躬奏曰:"向蒙陛下金口亲谕臣面貌类先臣,伏念先臣祖、父顷事太宗、真宗,皆祥符之前,不知陛下以何知之?"上曰:"天章阁有名臣头子,朕观之甚熟。"适因下殿泣谢,音仪堂堂,上颇爱之,有用之之意。一旦,中书进除一臣僚为益漕,凡进之例,更无改批,但纸尾画"可"而已,忽特批云:"差梁适。"未几,又除修记注,以合格臣僚进之,复批梁适。自后知制诰至翰林学士,除目凡上,皆批于公,由秘丞至台辅不十年。

太祖欲开惠民、五丈二河,以便运载。吏督治有陈丞昭者,江南人,谙水利,使董其役。丞昭先以缉都量河势长短,计其广深,次量锤之阔狭，以锸累尺，以尺累丈，定一夫自早达暮合运若干锸，计凿若干土，总其都数，合用若干夫，以目奏上。太祖叹曰："不如所料，当斩于河。"至讫役，止衍九夫，上嘉之。又令督诸军子弟浚池于朱明门外，以习水战。后以防御使从征太原，晋人婴城坚拒，遂议攻讨。以革内壮士，蒙之为洞而入，虽力攻不陷，师已老。上深悯之，且将亲幸其洞，携药剂果饵慰抚士卒。时李汉琼为攻城总管，挽御衣以谏，曰："孤垒之危，何啻累卵，矢石如雨，陛下宜以社稷自重。"遂罢其幸，止行颁赉而已。既不克，又欲增兵，丞昭奏曰："陛下有不语兵千余万在左右，胡不用之？"上不悟。丞昭以马策指汾，太祖遂晓，大笑曰："从何取土？"丞昭云："刿布囊括其口，投上流以塞之，不设板筑，可成巨防。"用其策，投土将半，水起一寻，城中危蹙。会大暑，复晋人间道求契丹援兵适至，遂议班师。

　　周世宗显德中，遣周景大浚汴口，又自郑州导郭西濠达中牟。景心知汴口既浚，舟楫无壅，将有淮、浙巨商贸粮斛贾，万货临汴，无委泊之地。讽世宗，乞令许京城民环汴栽榆柳、起台榭，以为都会之壮。世宗许之。景率先应诏，距汴流中要起巨楼十二间。方运斤，世宗辇辂过，因问之，知景所造，颇喜，赐酒犒其工，不悟其规利也。景后邀巨货于楼，山积波委，岁入数万计，今楼尚存。

　　折御卿淳化中拜永安节度、麟府总管，契丹万余骑忽入寇，御卿一击遂败，斩五千级，获马千匹，擒司徒、舍利数十人，虏中号为突厥太尉。太宗大赏之。自后世袭其爵，子孙继为府州总管，治其郡。夏倚中立常言："嘉祐中为麟倅，泝牒至府，其州将乃御卿四世孙，不类胡种。虽为云中北州大族，风貌庬厚，揖让和雅，其子弟亦粗知书。留中立凡数日，出图史器玩、琴尊弧矢之具，虽皇州搢绅家止于是尔，信乎文德之遐被也。秣马于庭，虽上闲殆少，每岁仲春，纵游牝于燕山，孕归于栈，任其自产，其种必渥洼也。然其牡罕有归者。"

　　陵州盐井，旧深五十余丈，凿石而入。其井上土下石，石之上凡二十余丈，以梗楠木四面锁叠，用障其土。土下即盐脉，自石而出。伪蜀置监，岁炼八十万斤。显德中，一白龙自井随霹雳而出，村旁一老父泣曰："井龙已去，咸泉将竭。吾蜀亦将衰矣。"乃孟昶即国之二十三年也。自兹石脉淤塞，毒烟上蒸，以绹缰炼匠下视，缒者皆死，不复开浚，民食大馑。太祖即位，建隆中，除贾琰赞善大夫，通判陵州，专干浚井。琰至井，斋戒虔祷，引锸徒数百人，祝其井曰："圣主临御，深念远民。井果有灵，随浚而通。"再拜而入，役徒惮不肯下。琰执锸先之。数旬才见泉眼，初炼数百斤，日稍增数千斤。郡人绘琰像，祀于井旁。

石元懿熙载，西洛人，家贫游学，事母以孝闻。嵩阳道中遇一叟，熟视之，稽颡曰："真太平良弼也。吾幼为唐相房玄龄检书苍头，公酷似之。"嘱之曰："见子事契相投者，即真主也，善事之。"语讫即灭。后国初，太宗建太宁军节，公谒之，倾意投接，为掌书记。游从觞咏，情礼深厚。公长于太宗，简墨尊俎，常以兄呼之，然亦得事上之体，不谄不渎，故免数斯之辱。殆践祚七年，为右仆射、平章事。卒，太宗亲幸其第，临丧哭之哀，谓近侍曰："石某以纯正事朕，自府幕至台席，朕窥之无纤瑕，方此委用，朕不幸也。"

宝元元年，朱正基驾部知峡州，即江陵内翰之子。一夕，梦一吏白云："城隍神遣某督修夷陵县廨宇，愿速葺，不宜后。"时朱不甚为意，连三夕梦之，方少异焉。因语同僚，亦尽异之，然亦未加葺。明日，报至，欧阳永叔谪授夷陵，报吏云："已及荆门。"朱感其梦，待之特异。将入境，率僚属远郊迓之。欧公临邑，亦以迁谪自处，益事谦谨，每禀白，皆敛板于庭。州将常伺之，俟入门，先抱笏降于阶，至满任，不改前容。欧公亲语其事于其孙集贤初平学士焉。

王昭素，酸枣县人，学古纯直，行高于世。市物随所索偿其直，货者乃曰："适所索实非本价。"昭素谓之曰："汝但受之，免陷汝于妄语咎。"自尔人无敢绐者，相戒曰："王先生市物不可虚索。"一夕，盗者穿窬将入，以横木满室，不通其穴。昭素觉之，尽室之物潜掷于外，谓偷儿曰："速去速去，恐有捕者。"盗惭，委物而遁，乡盗几息。李穆昔师之，逮为学士，荐于朝，温旨召至便殿。年七十，颜如渥丹，目若荡漆。鳏居绝欲四十年，家无女侍。上赐坐，讲《乾卦》至"九五，飞龙在天，利见大人"，起整巾，稽颡改容而说，上问曰："何故？"昭素奏曰："此爻正当陛下今日之事。"引喻该证，微含箴补，上侧听启沃。讲罢，留著果宴语，赐国子博士致仕。留禁中月余，询治世养身之术，昭素曰："治世莫若爱民，养身无非寡欲。此外无他。"上爱其语，书于屏几。卒年八十九。

辛文悦，后周通经史里儒。太祖幼尝从其学，显德中为殿前都点检，节制方面，兵纪繁剧，与文悦久不相见，上每亦念之。文悦一夕忽梦迎拜銮舆于道侧，黄屋之下，乃太祖也，文悦再拜，帝亦为之笑。是夕，太祖亦梦其来，令左右询访，文悦惠然饰巾至门矣，上大异之。后迁员外郎。

柳仲涂开知润州，胡旦秘监为淮漕，二人者，俱喜以名骛于时。旦造《汉春秋编年》，立五始、先经、后经、发明、凡例之类，切侔圣作。书甫毕，邀开于金山观之，颇以述作自矜。开从其招而赴焉，方拂案开编，未暇展阅，开拔剑叱之曰："小子乱常，名教之罪人也。生民以来，未有如夫子者，至若丘明而下，公、穀、邹、郏数子，止取传述而已。尔何辈，辄敢窃圣经之名冠于编首？今日聊赠一剑，以为后世狂斐之戒！"语讫，勇逐之。旦阔步摄衣，急投旧舰，锋几及身，赖舟人拥入，参差不免，犹斫数剑于舷，聊以快愤。后朝廷授开崇仪使、知宁边军，声压沙漠。其子涉，及第于咸平三年陈尧咨榜。唱名日，真宗召至轩陛，亲谓涉曰："夜来报至，汝父已卒。今赐汝及第。"给钱三万，俾戴星而奔，给护旅槗，特加轸悼。

杜审琦，昭宪皇太后之兄也。建宁州节，一旦请觐，审琦视太祖、太宗皆甥也。一日陈内宴于福宁宫，昭宪后临之，祖、宗以渭阳之重，终宴侍焉。及为寿之际，二帝皆捧觞列拜，乐人史金著者粗能属文，致词于帝陛之外，其略曰："前殿展君臣之礼，虎节朝天；后宫伸骨肉之情，龙衣拂地。"祖、宗特爱之。

张秉，户部员外郎、知制诰。唐故事，首曹罕有掌诰者，秉乞退为行内，不试演纶之职。遂退为度支员外郎、知制诰，自尔为例。

柴谏议成务知河中府，有远识妙略。当银、夏未宁，蒲中最扼飞挽之冲，公悉应之，略无弛旷。尝患府衢狭隘，市民岁侵，檐闾栉密，几辀之不容，公计之曰："时平民安，万一翠华西幸，轮蹄扈跸，千乘万骑，胡以为处？"遂奏乞撤民居以广街衢，可之。未几，果有汾阴之幸，因留跸蒲关凡五日。

张去华登甲科，直馆，喜激昂，急进取，越职上言："知制诰张澹、卢多逊、殿院师颃，词学荒浅，深玷台阁，愿较优劣。"太祖立召澹辈临轩重试，委陶穀考之，止选多逊入格，余并黜之。时谚谓澹为"落第紫微"，颃为"拣停殿院"。赐去华袭衣银带，为右补阙，士论短之。后十六年不迁，反不逮平进者。榜下宋白，昔同直馆，白为学士，去华犹守旧职。

邵晔知广州，凿内濠以泊舟楫，不为飓风所害。相次陈世卿代之，奏乞免本州计口买盐之害。五年之后，民始有完衣饱食。广人歌曰："邵父陈母，除我二苦。"

张乖崖镇益，屡乞代，当蜀难已平，愿均劳逸。王文正旦举凌侍郎策，具言性禀纯懿，临莅强济，所治无旷。上喜，遂除之。凌公少年尝梦人以六印悬剑锋以授之，后在剑外凡六任。时辟杨蟫为益倅，奏名上，太宗不识"蟫"字，亟召问立名之因，奏曰："臣父命之，不知其由。兄蚡、弟蜕尽从'虫'。臣家汉太尉震之后，今已孤，不敢辄更。"上曰："'蟫'有何义？"奏曰："臣闻出《羽陵蠹书》，曰白鱼虫也。"上叹曰："古人名子，不以日月山川隐疾，尚恐称呼有妨，今以细碎微类列名其子，未知其谓也。"以御笔抹去"虫"，止赐名覃。弟蜕之女妻夏英公，阃范严酷，闻于掖庭，因率命妇朝后宫，章献后苛责之，方少戢。

胡大监旦知明州，道出维扬。时同年董给事俨知扬州，遇之特欢，截篙投艣以留之。一日，延入后馆，出姬侍，列殽馔，其宴豆皆上方贵器。饮酣，胡谓董曰："吾辈出于诸生，所享若此，粗亦忝矣。弊舟亦有衰鬟二三，容止玩饰，不侔同年之家。人生会合难得，或不弃，来日能枉驾弊舟数杯可乎？"董感其意，大喜，徐又曰："三品珍器，贫家平生未识，可略假舟中，聊以夸示荆钗得否？"董笑曰："状元兄见外之甚也。"亟命涤濯，以巨奁尽贮之，对面封讫，令送舟中。明日五鼓，张帆乘风，瞥然不告而行。不旬至杭州，薛大谏映，亦榜下生也，首问胡曰："过维扬，见董同年否？"胡曰："见。"又曰："董望之材器英迈，奇男子也，然止是性贪。"一日，尊前胡谓薛曰："聊假二千缗，创立鉴湖别墅，鄞麾才罢，便当谢病，一扁舟钓于越溪，岂能随蜗蝇竞吻角乎？"

薛公不得已,赠白金三百星,聊为钓溪一醉。且颟颔领之,不为少谢。后知制诰,王继恩平蜀有功,恃勋徼宠,潜溢怨讟,将加恩,以银数千两赂旦,托为哀诏,事败,旦削籍为典午,窜浔州安置焉。

卷第四

　　王师伐蜀，孟昶出兵拒之。其势既蹙，始肯赍表诣王全斌请降，即奉其母逮官属沿峡江而下。至江陵，上遣使厚劳之，别赐茶药慰其母，手诏止曰："国母李氏有贤识，昶在国或纵侈过度，往往诟诋于庭。"有司候昶至阙，令衔璧俘献于太庙，一切罢之。车驾亲劳于近郊，止令素服待罪于两观之下，御崇元殿备礼见之。预诏有司，直右掖门东葺大第五百楹，什用器皿悉赐焉。封昶为中书令、秦国公，给巨镇节俸。拜命六日而卒，年四十七。发哀，奠赠视三公之秩。初，其母才至阙，上以禁舆肩至宫廷，嫔御扶掖，亲酌酒饮之，曰："母但宽中，勿念乡土，异日必送母归蜀。"母奏曰："妾家本太原，若许送妾还并门，死亦心足。"时晋垒未平，太祖闻吉谶，大喜曰："俟平刘钧，立送母归，必如所愿。"因厚赐之。后昶卒，母亦不哭，以酒酹地曰："尔贪生失理，不能纳疆于真主，又不能死社稷，实谁咎乎？吾以汝在，所以忍死至今。汝既死，吾安藉其生耶？"遂不食，数日而卒。

　　蜀州青城民王小波为乱，小波死，又推其妻弟李顺为贼首，帅余党蚁聚万余人，两川大扰。张谏议雍知梓州，雍生于河朔极边，素谙守御之法，练士卒三千人，辇绵州金帛实其帑，又募勇卒千余人守城，设炮竿飞矢石。创械具才备，贼果至，大设冲梯火车，昼夜力攻。在围八十日，张守设方略，立于矢石，告众曰："勉力无自堕。万一城破，先枭吾首献贼，以赎汝命。吾已飞檄帅帐求援兵，不久必至。"翌日，果王继恩分兵来援，贼方溃。诏嘉美。咸平中，拜礼部侍郎、盐铁使，不得台省之体，龊龊无圆机，三司簿领置案前，曰："急，急中急。"上闻之，笑曰："雍之俗状，殆至于此。"命王嗣宗代之。

　　戚密学纶初筮，仕知太和县。里俗险悍，喜构虚讼。公至，以术渐摩，先设巨械，严固狴牢，其棰梃缳索，比他邑数倍，民已悚骇。次作《谕民诗》五十绝，不事风雅，皆流俗易晓之语，俾之讽咏，以申规警。立限曰："讽诵半年，顽心不悛，一以苛法治之。"果因此诗，狱讼大减。其诗有云："文契多欺岁月深，便将疆界渐相侵。官中验出虚兼实，枷锁鞭笞痛不禁。"大率类此，江南往往有本。每当岁时，与囚约曰："放女暂归祀其先，栉沐虮虱。"民感其惠，皆及期而还，无敢逭者。

朱台符，眉州人。俊迈敏博，少有赋名，与同辈课试，以尺度其晷，台符八寸而一赋已就。凡有所作文字，其雕篆皆类于赋，章疏、歌曲亦然。河西作梗，因上封事，其略曰："且夫结之以恩者，彼必怀之；示之以威者，彼必畏之。若尔，则所谓继迁者，自当革心而束手，款塞而旋庭矣。"又尝为数阕，其略曰："歌遏云兮惨容色，舞回风兮腰一搦。"又曰："鬟多而翠黛难成，望极而乌云易散。当本深心兮牡丹期，到如今兮赐冰颁扇。"乡人田锡尝曰："朱拱正一阕乃《闺怨赋》一首，只少原夫。"

孙汉公何擢甲科，与丁相并誉于场屋，时号"孙、丁"。为右司谏，以弹奏辣望，疏议刚鲠，知制诰，掌三班。素近视，每上殿进札子，多宿诵精熟，以合奏牍。忽一日，飘牍委地四散，俯拾零乱倒错，合奏不同，上颇讶之。俄而仓皇失措，坠笏于地。有司以失仪请劾，上释而不问。因感恚，抱病乞分务西雒。不允，遣太医诊视，令加针灸。公性禀素刚，对太医曰："禀父母完肤，自失护养，致生疾疹，反以针艾破之？况生死有数，苟攻之不愈，吾岂甘为强死鬼耶？"遂不起。

谢史馆泌，解国学举人，黜落甚众，群言沸摇，怀觿以伺其出。公知，潜由他途投史馆避宿数日。太宗闻之，笑谓左右曰："泌职在考校，岂敢滥收？小人不自揣分，反怨主司，然固须避防。"又问曰："何官职骖导雄伟，都人敛避？"左右奏曰："惟台省知杂，呵拥难近。"遂授知杂，以避掷觿之患。公深慕虚元，朴素恬简，病革，盥沐，衣羽衣，焚香端坐而逝，首不少欹。

杨大年二十一岁为光禄丞，赐及第。太宗极称爱。三月，后苑曲宴，未贴职不得预，公以诗贻馆中诸公曰："闻戴宫花满鬓红，上林丝管侍重瞳。蓬莱咫尺无因到，始信仙凡迥不同。"诸公不敢匿，即时进呈。上讶有司不即召，左右以未贴职为对，即日直集贤院，免谢，令预曲宴。后修《册府元龟》，王相钦若总其事，词臣二十八人，分撰篇序。

下诏，须经杨亿删定，方许用之。大年祖文逸，伪唐玉山令。大年将生，一道士展刺来谒，自称怀玉山人，冠褐秀爽，斯须遽失，公遂生。后至三十七，为学士，昼寐于玉堂，忽自梦一道士来谒，亦称怀玉山故人，坐定，袖中出一诰牒曰："内翰加官。"取阅之，其榜上草写"三十七"字，大年梦中颇惊曰："得非数乎？"道士微笑。又曰："许添乎？"道士点头。梦中命笔，止添一点为"四十七"。至其数，果卒。

李密学濬与李昌武宗谔同宗同岁月，后一日而生。二人者，平生休戚舒惨，一无不同。及昌武死，濬亦后一日卒。昌武，即司空昉第三子。在玉堂，真宗召公同丁晋公侍宴玉宸殿，上曰："朕常思国朝将相之家，世绪不坠，相惟昉，将惟曹彬尔。闻卿家尤更雍睦有法，朕继二圣基业，亦如卿家保守门阀。"祥符五年，同丁相迎真宗圣像，为迎奉副使。公归，上因幸玉堂，及问涂中之事，因奏曰："汴渠流尸，蔽河而下，暴露滩渚，鱼鸟恣唼。"上闻之，恻然嗟念，因而遂御制《汴水发愿文》，敕守臣勒石于津亭。岁给钱百缗，修释道斋醮各七日，为之忏涤。每一尸，官给籧篨三片，钱一镮，置酒纸脯膳，即令收瘗，永为著式。御制略云："嗟乎！滩碛之上，竞食者乌鸢；岛渚之间，争餐者鱼鳖。汝等辈非他速，殃尽自贻。仕宦者怙势以凌民，为民者欺心而冒法。愿汝等仗兹浣涤，各遂超腾，悟诸佛本空之原，体太上真灵之理。"

景德初，北戎请盟，欲撰答书，久亡体制。时赵文定安仁为学士，独记太祖朝书札规式，诏撰之。及修讲盟好之制，深体轻重，朝论美之。时虏使韩杞者，始修聘好，犷悍无检，命公接伴。公旋教觐见之仪，方渐驯扰。及将辞，嫌服太长，步武萦足，复欲左衽，公戒之曰："君将升殿受还书，去天颜咫尺，可乎？"刚折之，才不敢。明年，虏选姚柬之，翘翘者也，至阙，复接伴。柬之者轻纵逞辨，坐则谈兵。公徐曰："君号多闻者，岂不闻：'兵者不祥之器，圣人不得已而用之？'今得已之时也，二国始以礼仪修好，非君所谈之事。"方此少戢，酬对得体。遂参祥符二政，拜宗正卿，掌玉牒属籍。国初，梁周翰创宗籍之制，不便宫邸。公裁酌得宜，又造《仙源积庆图》，尽列长幼亲属之目，以进于便坐张之，为盛事。

真宗为开封尹,呼通衢中铁盘市卜一瞽者,令张耆、夏守赟、杨崇勋左右数辈,揣听声骨,因以为娱,或中或否。独相王继忠,瞽者骇之,曰:"此人可讶,半生食汉禄,半身食胡禄。"真宗笑而遣去。继忠后为观察使、高阳总管。咸平六年,虏寇望都,与虏酣战,至乙夜,戎骑合围数十重,徐战徐行,旋傍西山而遁,至白城,陷虏。上闻之,甚嗟悼,皆谓即没。景德初,戎人乞和,继忠与撰奏章,而劝讽诱掖,大有力焉,朝廷方知其存。后每岁遣使,真宗手封御带药茗以赐焉。继忠服汉章,南望天阙,称"未死臣",哭拜不起,问圣体起居,不避虏嫌。以其德仪雄美,虏以女妻之,伪封吴王,改姓耶律。卒于虏,人谓陷蕃王氏也。

戴恩为御龙弓箭直都虞候。一日,西蜀进青龙城道观《长寿仙人图》,其本吴道玄之迹,太宗阅之,酷肖戴恩,又恐所见有殊,亟召数班军校近侍内臣遍示之,曰:"汝辈且道此图似何人?"群口合奏曰:"似戴恩。"上笑而异之,因是进用。后建宁远军节,举朝止呼"戴长寿"。

真宗车驾巡师大名,王杂端济为镇倅,调丁夫十五万修黄、汴河。济以谓役广劳民,乞徐图之。诏往经度,遂减十万。张齐贤相请令济立状保河不决。奏曰:"河之决,系阴阳灾沴,责在调元者。和阴阳,弭灾沴,为国致太平,河岂有决乎? 臣乞先令宰臣立一保状,天下太平,然后臣以族入状,保河不决。"丞相曰:"今非太平耶?"济对曰:"北有胡寇,西有贼迁,关右、两河,岁被侵扰,臣敢谓未也。"上动容,留之问以边计,敷奏可采。后知河中府,车辂幸澶渊,虏骑旁侵,诏沿河断桥梁,毁舟舫,缓者以军律论。济驰骑飞奏曰:"陕西关防天设,其数十万斛以河为载,若用小舟,沉覆必矣,此诚可惜。所有断梁之议,摇动民心,尤宜寝罢。"真宗悟其议,立弭之。

张乖崖性刚多躁,蜀中盛暑食馄饨,项巾之带屡垂于碗,手约之,颇烦急,取巾投器中曰:"但请吃。"因舍匕而起。少年慷慨,学击剑,喜立奇节,谓友人曰:"张咏赖生明时,读典坟以自律,不尔则为何等人耶?"李顺之乱,益州大将王继恩、上官正辈顿师逗留不进。公激使行,盛陈供帐,郊辞以饯之。酒酣,举爵谓军校曰:"尔曹蒙国厚恩,无以塞责,此行勉力平荡寇垒。"以手指其地曰:"若师老日旷,即尔辈死所也。"徐谓继恩曰:"朝廷始若许仆参后骑,岂至今日? 醯贼以啖师久矣!"自是士气毕振,获捷而还。

王元之禹偁尝作《三黜赋》以见志。初为司谏、知制诰,疏雪徐铉,贬商州团练副使。方召归为学士,坐为孝章皇后迁梓宫于燕国长公主之第,群臣不成服,元之私语宾友曰:"后尝母仪天下,当奉旧典。"坐讪谤,出守滁州。方召还,知制诰,撰太祖徽号、玉册,语涉轻诬,会时相不悦,密奏黜黄州。泊近郊将行,时苏易简内翰榜下放孙何等进士三百五十三人,奏曰:"禹偁禁林宿儒,累为迁客,漂泊可念。臣欲令榜下诸生罢期集,缀马送于郊。"奏可之。至日行,送过四短亭,诸生拜别于官桥。元之口占一阕,付状元曰:"为我深谢苏公,偶不暇取笔砚。"其诗云:"缀行相送我何荣,老鹤乘轩愧谷莺。三入承明不知举,看人门下放诸生。"时交亲纵深密者,循时好恶,不敢私近,惟窦元宾执其手泣于阁门曰:"天乎,得非命欤?"公后以诗谢,略云:"惟有南宫窦员外,为余垂泪阁门前。"至郡未几,忽二虎斗于郡境,一死之,食殆半;群鸡夜鸣;冬雷雨雹。诏内臣乘驿劳之,命设禳谢。司天奏:"守土者当其咎。"即命徙蕲。上表略曰:"宣室鬼神之问,不望生还;茂陵封禅之文,止期身后。"上览曰:"噫,禹偁其亡乎?"御袖掩涕。至郡,逾月果卒。尝侍宴琼林,太宗独召至御榻,面诫之曰:"卿聪明,文章在有唐不下韩、柳之列,但刚不容物,人多沮卿,使朕难庇。"禹偁泣拜,书绅而谢。

太宗尝谓侍臣曰:"朕欲以皇王之道御图,愧无稽古深学,旧有《御览》,但记分门事类,繁碎难检。令谏臣以治乱兴亡急要写置一屏,欲常在目。"时知杂田锡奏曰:"皇王之道,微妙旷阔,今且取军国要机二事以行之。师平太原,逮兹二载,未赏军功。愿因郊籍,议功酬之;乞罢交州之兵,免驱生灵为瘴岭之鬼。此二者,虽不系皇王之治,陛下宜念之。"上嘉纳曰:"锡真得鲠直之体,而此尤难为答。"赵普当国,锡谒于中书,白曰:"公以元勋当国,宜事损敛。有司群臣书奏,尽必先经中书,非尊王之体也。谏官章疏,令阁门填状,大弱台谏之风,尤为不可。"普引咎正容厚谢,皆罢之。锡将卒,自草遗表,犹劝上以慈俭纳谏为意,绝无私请。上厚恤之。

　　李丞相榖与韩熙载少同砚席,分携结约于河梁曰:"各以才命选其主。"广顺中,榖仕周为中书侍郎、平章事;熙载事江南李先主为光政殿学士承旨。二公书问不绝,熙载戏贻榖书曰:"江南果相我,长驱以定中原。"榖答熙载云:"中原苟相我,下江南如探囊中物尔。"后果作相,亲征江南,赖熙载卒已数岁。先是,朝廷遣陶榖使江南,以假书为名,实使觇之。李相密遗熙载书曰:"吾之名从五柳公,骄而喜奉,宜善待之。"至,果尔容色凛然,崖岸高峻,燕席谈笑,未尝启齿。熙载谓所亲曰:"吾辈绵历久矣,岂烦至是耶?观秀实公,非端介正人,其守可隳,诸君请观。"因令留宿,俟写《六朝书》毕,馆泊半年。熙载遣歌人秦弱兰者,诈为驿卒之女以中之。弊衣竹钗,旦暮拥帚洒扫驿庭。兰之容止,宫掖殆无。五柳乘隙因询其迹,兰曰:"妾不幸夫亡无归,托身父母,即守驿翁姬是也。"情既渎,失"慎独"之戒,将行翌日,又以一阕赠之。后数日,宴于澄心堂,李中主命玻璃巨钟满酌之,榖毅然不顾,威不少霁。出兰于席,歌前阕以侑之,榖惭笑捧腹,簪珥几委,不敢不醨。醨罢复灌,几类漏卮,倒载吐茵,尚未许罢。后大为主礼所薄,还朝日,止遣数小吏携壶浆薄饯于郊。迨归京,鸾胶之曲已喧,陶因是竟不大用。其词《春光好》云:"好因缘,恶因缘,奈何天,只得邮亭一夜眠?别神仙。　　瑟琶拨尽相思调,知音少。待得鸾胶续断弦,是何年?"

卷第五

　　翰林朱昂尝撰《莫节妇传》，大为人伦之劝。节妇莶，少归周谓，昭州人，布衣谒太祖，召便殿试时务，大称上旨，擢赞善大夫。当天造之初，凡所任人，处置从便。符彦卿暴姿不法，除谓为属邑永济县令，俾绳之。彦卿闻其来，魂胆俱丧，鞬橐郊迓，谓但揖于马上尔。境上数寇劫财伤人，彦卿受赇，纵之使逸。谓出令："敢有藏盗者斩。"不数日，亟获之，不解府，即时斩决，以案具奏。太祖大壮之。兴国二年，诏遣副广南罗延吉为转运副使，以定岭寇。时奔命赴道，不得与莶别。后委寄繁剧，岭塞驰走，不还于家二十六年。父母欲夺莶嫁之，莶泣谓父曰："吾夫岂碌碌久困者耶？食贫守死俟之。"父不敢强。莶执礼事舅姑益谨，闺壸有法。家素贫，莶岁事蚕绩，得丝则机而杼轴，勤俭自营，生计渐盛。虽里之淑妇静女，罕识其容者，闻其风，则帏箚竦敬。子渐长，筑舍于外，购书命师教之。后产业益裕，舅姑将老附莶，选美丘，大为寿坎，松槚茂密，尽得其制。又为其夫创上腴田数百顷。水竹别墅，亭阁相望。然谓在路亦修高节矣。莶二十六年间，毕一婚二嫁，皆清望之族。迨谓归，俱已皓首，劝夫偕老于家林焉。

　　国初，王朴、窦俨讲求大乐，考正律吕，无不谐协。朴、俨没，患无继者。后和岘，故相凝之子也，礼乐二学，特胜前儒。太祖天性悟音律，末年郊飨，觉雅乐声高，谓乐臣曰："必圭黍尺度之差。"诏岘平之。岘精意调整，而终不和，归家，私谓弟嶒曰："钟管之中，宾声终高，主声不甚畅亮。主上其将不豫乎？"逾年果崩。乐府中有古玉管，素号"叉手笛"，无稽也，上意欲增入雅乐。岘调品使合大律，别立号为"拱辰管"，诏备雅乐。弟嶒，凝之幼子，知制诰，南郊，赞导乘舆，俯仰如画，神彩照物。太宗爱之，谓宰臣曰："朕深欲诏嶒入翰林，但恐其眸子眊然，视物不正，不可为近侍。"

　　吕文仲，歙人，为中丞，有阴德。景德中，鞫曹南猾民赵谏狱。谏豪于财，结士大夫，根蒂特固。忽御宝封轩裳姓名七十余辈，自中降出，皆昔委谏营产买妾者，悉令穷治。文仲从容奏曰："更请察其为人，密籍姓名，候举选对扬之日，斥之未晚。"真宗从之。

仁宗读《五代史》至"周高祖幸南庄，临水亭，见双凫戏于池，出没可爱，帝引弓射之，一发叠贯，从臣称贺"，仁宗掩卷谓左右曰："逞艺伤生，非朕所喜也。"内臣郑昭信掌内饔十五年，尝面诚曰："动活之物，不得擅烹。"深恶于杀也。

王著为伪蜀明经，善正书行草，深得家法。为翰林侍书与侍读更直，太宗令中使持御札示著，著曰："未尽善也。"上临学益勤，后再示之，著曰："止如前尔。"中人诘其故，著曰："帝王始工书，吾或褒称，则不复留意矣。"后岁余，复示之，奏曰："功已至矣，非臣所及。"后真宗闻之，谓宰臣曰："善规益者也，宜居台宪。"后终于殿中侍御史。

郭仲仪贽，真宗在藩，为皇子侍读。太宗幸东宫，御制《戒子篇》，命贽注解，且令委曲讲论。真宗每以纯厚长者遇之，在储宫作诗赠之，略曰："该明圣典通今古，发启冲年晓典常。"后参大政，因论事朴直，上意不悦。后坐入对之际，宿醒未解，左迁荆南。因终身戒酒，至卒不饮，早暮饵药亦斥之，其节刚若是矣。

邢尚书昺，曹州农家子，深晓播殖。真宗每雨雪不时，忧形于色，责日官所定雨泽丰凶之兆，多或不中。昺因进《耒耜岁占》三卷，大有稽验，皆牧童村老岁月于畎亩间揣占所得。咸平二年，置经筵侍读，首以公为之。昺初应五经，廷试日，升殿讲"师"、"比"二卦，取群经发题。太宗嘉其精博，擢为九经赐第。真宗晚年，多召于近寝，从容延对。忽一日，见公衰甚，御袖掩目泫然曰："宫邸旧僚，沦谢殆尽，存者惟卿尔。"遽密赉银千两，缯千匹。昺康裕无恙，果非久感疾。将易箦，车驾临问。公拖绅整巾，历叙遭际，上为之泣别。既终，又为之临丧。惟将相丧疾，方有此幸。

杨侍读徽之，太宗闻其诗名，尽索所著，得数百篇奏御，仍献诗以谢，卒章曰："十年牢落今何幸，叨遇君王问姓名。"上和之以赐，谓宰臣曰："真儒雅之士，操履无玷。"拜礼部侍郎，御选集中十联写于屏。梁周翰诗曰："谁似金华杨学士，十联诗在御屏中。"十联诗者，有《江行》云："犬吠竹篱沽酒客，鹤随苔岸洗衣僧。"《寒食》云："天寒酒薄难成醉,地迥台高易断魂。"《塞上》云:"戍楼烟自直,战地雨长腥。"《僧舍》云:"偶题岩石云生笔,闲绕庭松露湿衣。"《湘江舟行》云:"新霜染枫叶,皓月借芦花。"《哭江为》云:"废宅寒塘雨,荒坟宿草烟。"《嘉阳川》云:"青帝已教春不老,素娥何惜月长圆。"又云:"浮花水入瞿塘峡,带雨云归越嶲州。"《年夜》云:"春归万年树,月满九重城。"《宿东林》云:"开尽菊花秋色老,落残桐叶雨声寒。"余窃谓公曰:"以天地浩露,涤其笔于冰瓯雪碗中,则方与公诗神骨相附焉。"

张茂直,充人,家贫,喜读书。少游汶上,尝买瓜于圃,翁倚锄睥睨曰:"子非久当断头,下刀之际,稍速则死,稍缓则生。果获免,必享富贵。"无何,慕容彦超据充,例驱守埤。周师破敌,拥城者例坐斩。斩殆尽,至茂直,挟刀者语之曰:"汝发甚修鬒,惜为颈血所污,可先断之。"茂直许焉。将理发,得释免。后知制诰、秘书监,卒。

梁修撰周翰,一岁后苑宴,凡从臣各探韵赋诗,梁得"春"字,曰:"百花将尽牡丹坼,十雨初晴太液春。"上特称之。为史馆修撰,上疏:"自今崇德、长春二殿,皇帝之言、侍臣论列之事,望令中书修为《时政记》;其枢密院事涉机密,亦令本院编纂,至月终送史馆。自余百司,凡干对拜除授沿革之事,悉条报本院,仍令舍人分直。"皆从之。

李继隆善驰驿,日走四五百里。征江南,常往来觇兵势,中途遇虎,射杀之。与吴人战,流矢中额,胄坚不伤。太祖欲拔用,谓曰:"升州平时献书来,当厚赏汝。"时军中内侍数辈,皆伺城陷,争求献捷,会有机事当入奏,皆不愿行,继隆独请赴阙,太祖讶其来早,继隆奏曰:"金陵破在旦夕。"上问:"安知?"对曰:"臣在途中,遇大风,天晦冥,城破之兆也。"翌日,捷至。太祖召谓之曰:"果如汝所料,是夜城陷。"均其赏,在献捷之上,除庄宅使。

真宗车驾在澶渊,大将王超拥兵十万屯真定,逗留不进。马太尉知节移书诉让,复辞以中渡无桥,徒涉为患。公命工庀材,一夕而就,始肯出兵。知节,全义之子也。七岁,父卒,太祖轸念曰:"真羽林孤儿也。"召入内,送国子学,列青衿胄子之间,御赐今名。后果有立,才三十余为枢使。咸平初帅秦,号为善政。秦质羌酋支属二三十辈殆二纪,公悉遣归,诸番怀感,终其任不敢犯边。水泉银矿累岁不发,额课不除，主吏破产偿之不足，鞭朴累世。公三奏，悉已之。知延州，戎人将谋入抄。值上元，令大张灯，累夕大开诸门。虏不测，即皆引去。

李士衡少时，一侠者遗一剑，属之曰："君他日发迹在于剑，记之。"后为秘书丞，知剑州。王均乱成都，陷汉州，进攻绵不下，因趋剑门。士衡预度寇至，城必不能守，徙金帛居民保剑关，焚其仓库，厚募军卒之流勇者，得数千人。贼果大至，公与监兵裴臻据关击之。仓廪既焚，数夕大冰雪，均众食败糟木皮。臻与再战，斩冻馁者三千级，堕壑者无算。贼宵遁，保益州。驰奏既上，除士衡度支员外郎，臻崇仪使。公果因剑发迹，以至贵显。逮卒，剑亦失之。

雷宣徽有终，李顺乱，为峡曹，调发兵食，规画戎事，大有纪律。至广安军，贼势充斥，公濒江三面树栅。一夕阴晦，贼众掩至，鼓噪举火。公安坐栉发，气貌自若。贼既合，公引奇兵出其后击之。贼惊乱，赴水火死者无数。就拜右谏议大夫、知益州。次简州，寓佛舍，度贼必至，命左右重闭，召土人严更警备。初夕，间道而出。贼围寺数重，及寺坏，惟得击柝者。公喜施予，丰于宴犒，费不足，则倾私帑给之，奉身止铜器鞍勒而已。颇涉道书。因读史，废书流涕曰："功名者，贪夫之钓饵。横戈开边，拔剑讨叛，死生食息之不顾，及其死也，一棺戢身，万事都已。悲夫！"景德初卒。

王显，太宗在藩，与周莹为给侍。赤脚道者相显曰："此儿须为将相，但无阴德尔。"及长，太宗爱之，曰："尔非儒家，奈寡学问，他日富贵，不免面墙。"取《军诫》三篇，令诵之。咸平三年，使相出帅定州，便宜从事。忽一日，一道士通刺为谒，破冠敝褐，自称"酆都观主"，笑则口角至耳，乱鬓若刚鬣，谓显曰："昨日上帝牒番魂二万至本观，未敢收，于冥籍死于公之手者，公果杀之，则功冠于世，然减公算十年。二端请裁之。"显谓风狂，叱起。后日，契丹引数万骑猎于威虏军境，即梁门也，会积雨，虏弓皆皮弦，缓弱不可用。显引兵剿袭，大破之，枭名王贵将十五辈，获伪羽林印二纽，斩二万级，筑京观于境上。露布至阙，朝廷以枢相召归，赴道数程而卒。

陈彭年字永年，生抚州，十三岁著《皇纲论》万余言，为江左名辈所重。除正言，待制于龙图阁。与晁少保迥、戚密学纶条贡举事，尽革旧式,防闲主司,严设糊名眷录。取《字林》、《韵集》、《韵略》、《字统》及《三仓》、《尔雅》定其字式,为礼部韵及庙国之避。凡科场仪范,遂为著格。编《太宗御集》。公书字甚急,日可万余,细碎急草,翌日往往不能辨。一旦遽卒,真宗急遣中人诣其家,取平生编著,但破箧中得二十余轴,人不能辨,惟起居院吏赵亨能辨之。上召亨补三班吏,令重写之。送杨大年别行改较,无一字之误者。

黄晞,闽人,皇祐初游京师,不践场屋,多以古学游搢绅之门。凡著书,自号聱隅子。走京尘几十年,公卿词臣无不前席。晞履裂帽破,驰走无倦。后词臣重晞之道者,列章为荐,尽力提挽。朝恩甚优,授京官,知巨邑,有旨留国子监。将有司业之命,始拜敕,遍谢知己。才三日,馆于景德如意轮院。一日晚归,解鞍少憩,谓院僧曰:"仆远人也,勤苦贫寒,客路漂泊,寒暑未尝温饱,今日方平生事毕,且放怀酣寝一夕。请戒僧童,慎无见喧。"僧诺之,扃扉遂寝。翌日大晓,寂无所闻,寺僧击牗大呼,已卒于榻矣。

刘枢密昌言,泉人,为起居郎,太宗连赐对三日,几至日旰。捷给诙诡,善揣摩捭阖,以迎主意。未几,以谏议知密院,然士论所不协。君臣之会,亦隆替有限,一旦圣眷忽解,谓左右曰:"刘某奏对皆操南音,朕理会一句不得。"因遂乞郡,允之。

赵参政昌言,汾人。太宗廷试,爱其词气明俊,擢置甲科。未几,拜中丞。上幸金明池,旧例,台臣无从游之制,太宗喜之,特召预宴,自公始也。擢为枢密副使。是时陈象舆、董俨俱为盐铁副使,胡旦为知制诰,尽同年生,俱少年,为一时名俊。梁颢又尝与公同幕。五人者旦夕会饮于枢第,棋觞弧矢,未尝虚日,每每乘醉夜分方归,金吾吏逐夜候马首声诺。象舆醉,鞭揖其吏曰:"金吾不惜夜,玉漏莫相催。"都人谚曰"陈三更"、"董半夜"。赵公因是坐贬崇信军司马。淳化中,以谏议起知天雄。大河贯府,盖豪猾辈畜刍茭者利厚价,欲售之,诱奸人穴其堤使溃。公知之,仗剑露刃,尽取豪刍廪积给用,其蠹遂绝。又忽澶河涨,流入御河,陵府城。公籍禁旅,杀牛为酒,募豪右出资,散卒负土护之,皆乐从。不数日,水退城完,就加给事、参政召还。上渴仁,诏乘疾置赴中书。太宗笑谓公曰:"半夜之会,不复有之。"公叩陛泣谢。

真宗尹京，毕相士安为府判，沉毅忠厚，中书将有金谐，太宗令辅臣历选，俱不称旨。而李相沉必欲用寇公，上曰："准少年进用，才锐气浮，为朕选河朔有重德、稀姓者，处其中而镇之。"近臣少喻上意，方以毕公进。上果大喜，遂用参大政。时曹利用为枢相，寇、曹二人者，一时恃酒，往往凌诟于席。公处其间，尝温容以平之。不逾月，与寇俱平章事。岁余，果负重望。太宗谓李沆曰："朕固欲相士安者，顷梦数神人拥一紫绶者，令拜朕曰：'非久当相陛下。'梦中熟视之，乃士安也。"

太宗飞白书张咏、向敏中二臣名，付中书，曰："二人者皆名臣，为朕记之。"向公自员外郎为谏议、知枢密院，止百余日。咸平四年，除平章事。后坐事出永兴军，驾幸澶渊，手赐密诏："尽付西鄙事，许便宜从事。"公得诏藏之，视政如常。会邦人命国傺，有告禁卒欲倚傺为乱者。公密使麾兵被甲衣袍伏于夹庑幕中。明日，尽召宾僚兵官，置酒纵阅，无一人预知者。命傺入，先令驰逞于中门外，后召至阶。公振袂一挥，伏卒齐出，尽擒之。果各怀短刃，即席诛之。剿讫，屏尸，亟命灰沙扫庭，张乐以宴。宾从股栗。

李文靖公沆初知制诰，太宗知其贫，多负人息钱，曰："沆为一制诰，俸入几何？家食不给，岂暇偿逋耶？"特赐钱一百三十万，令偿之。后为学士，因宴，上目送爱之，曰："沆风度端粹，真佳士也。"后为右揆，居辅弼，当太平，无一事。凡封章建议务更张、喜激昂辈，摇鼓捭阖，公悉屏之，谓所亲曰："无以报国，聊用以安黎庶尔。"景德元年薨，上临哭之恸，大呼曰："天乎，忠良纯厚，合享遐寿！"

吕正惠公端使高丽，遇风涛恍恍，摧樯折舵，舟人大恐。公恬然读书，若在斋阁。时首台吕文穆蒙正，告老甚切，上宴后苑，作《钓鱼》诗独赐公，断章云："欲饵金钩深未到，磻溪须问钓鱼人。"意以首宰属公。公和进云："愚臣钩直难堪用，宜问濠梁结网人。"文穆得谢，果冠台席。真宗初即位，居谅闇，每见公则肃然起敬，未尝名呼，或以字呼，上对公但称"小子"。公体貌魁梧，庭陛颇峻，命梓人别为纳陛。两使外域，虏主钦重。后使虏者至，则问曰："吕公作相未？"

太宗命苏易简评讲《文中子》，中有杨素遗子《食经》"羹藜含糗"之句，上因问曰："食品称珍，何物为最?"易简对曰："臣闻物无定味，适口者珍。臣止知齑汁为美。"太宗笑问其故，曰："臣忆一夕寒甚，拥炉火，乘兴痛饮，大醉就寝。四鼓始醒，以重衾所拥，咽吻燥渴。时中庭月明，残雪中覆一齑碗，不暇呼僮，披衣掬雪以盥手，满引数缶，连沃渴肺，咀齑数根，灿然金脆。臣此时自谓上界仙厨，鸾脯凤腊，殆恐不及。屡欲作《冰壶先生传》纪其事，因循未暇也。"太宗笑而然之。

文莹丙午岁访辰帅张不疑师正，时不疑方五十，齿已疏摇，咀嚼颇艰。后熙宁丁巳，不疑帅鼎，复见招，为武陵之游，凡巨胾大藏，利若刀截，已六十二矣。余怪而诘焉，曰："得药固之。时余满口摇落，危若悬蒂，谩以此药试之，辄尔再固。"因求此方以疗病齿者，凡用之皆效。题曰《西华岳莲花峰神传齿药方》，序曰："元亨在天圣中，结道友登岳顶，斋宿祈祠方已，遍游三峰，酌太上泉，至明星馆，于故基下得断碑数片，仿佛有古文，洗涤而后可辨，读之，乃《治口齿乌髭药歌》一首。虑岁月寖久，剥裂不完，遽录以归。而后朝之名卿巨公，访山中故事，语及者皆传之，修制以用，其效响应。"歌曰："猪牙皂角及生姜，西国升麻蜀地黄。木律旱莲槐角子，细辛荷叶要相当。青盐等分同烧煅，研杀将来使最良。揩齿牢牙髭鬓黑，谁知世上有仙方。"不疑晚学益深，经史沿革，讲摩纵横，文章诗歌，举笔则就。著《括异志》数万言，《倦游录》八卷。观其余蕴，尚盘错于胸中。与余武陵之别，慨然口占二诗云："忆昔荆州屡过从，当时心已慕冥鸿。渚宫禅伯唐齐己，淮甸诗豪宋惠崇。老格疏闲松倚涧，清谈萧洒坐生风。史官若觅高僧事，莫把名参伎术中。"又云："碧嶂孤云冉冉归，解携情绪异常时。余生岁月能多少，此别应难约后期。"风义见于诗焉。

长沙北禅经室中悬观音印像一轴，下有文，乃故待制王元泽撰，镂板者乃郡倅关蔚宗。文云："都官巩彦辅郎中尝魇去，初两绯衣召入一大府，严甚，有紫衣当案者曰：'此王也，置庑下。'授以沙盆，剔囚目，使研之。余断腕截耳，不可胜数，或恐惧失便溺。顷一官至，呵巩解衣，巩以有官无罪，官怒曰：'此治杀生狱，岂问官耶?'巩窘呼观音，因者皆和，而残者完，系者释，俱出，巩亦出，乃苏。余友吴居易与巩同官开封府，言'巩性朴直，不苟于狱，以故或忤在势者'云。壬子岁，王雱元泽记，会稽关杞刻之，以广其传，庶乎世之闻见者，有所警焉。戊午岁题。"元泽病中，友人魏道辅泰谒于寝，对榻一巨屏，大书曰"《宋故王先生墓志》：先生名雱，字元泽，登第于治平四年，释褐授星子尉，起身事熙宁天子，裁六年，拜天章阁待制，以病废于家"云。后尚有数十言，挂衣于屏角，覆之不能尽见。此亦得谓之达欤？

卷第六

范鲁公质举进士,和凝相主文,爱其私试,因以登第。凝旧在第十三人,谓公曰:"君之辞业合在甲选,暂屈为第十三人,传老夫衣钵可乎?"鲁公荣谢之。后至作相,亦复相继。时门生献诗,有"从此庙堂添故事,登庸衣钵亦相传"之句。初,周祖自邺起师向阙,京国罹乱,鲁公遁迹民间。一旦,坐对正巷茶肆中,忽一形貌怪陋者前揖云:"相公相公,无虑无虑。"时暑中,公执一叶素扇,偶写"大暑去酷吏,清风来故人"一联在上,陋状者夺其扇曰:"今之典刑,轻重无准,吏得以侮,何啻大暑耶?公当深究狱弊。"持扇急去。一日,于袄庙后门,一短鬼手中执其扇,乃茶邸中见者。未几,周祖果以物色聘之,得公于民间,遂用焉。忆昔陋鬼之语,首议刑典,疏曰:"先王所恤,莫重于刑。今繁苛失中,轻重无准,民罹横刑,吏得侮法。愿陛下留神刑典,深轸无告。"世宗命公与台官剧可久、知杂张湜聚都省详修刊定,惟务裁减,太官供膳。殆五年书成,目曰《刑统》。

张尚书咏再知益州,转运使黄观以治状条奏,下诏褒美。时贼锋方敛,纪纲过肃,蜀民尚怀击柝之惕,而嘉、邛二州新铸景德大铁钱,利害未定,横议蜂起,朝廷虑之。遣谢宾客涛为西川巡抚,上临轩谕之曰:"咏之性刚决强劲,卿之性仁明和恕。卿往济之,必无遗策。宜以朕意谕咏:'赖卿在彼,朕无西顾之忧。每事宜与涛协心精议,副朕倚瞩。'"谢公至蜀,明宣宽诏,尚书公拚蹈泣拜。举率从禀,并辔抚劳,西蜀遂安。

太祖受禅,以赵韩王普有佐命巨勋,除右谏议大夫、枢密直学士。未几,范质罢相,以公为门下侍郎、平章事。既冠台府,参总庙权,参政吕余庆、薛居正虽副之,但奉行制书,备位而已,不宣制,不预奏事,不押班,每府候对长春殿庐启沃,大小之务,尽决于公。兼权之议,喧于时论。会李继迁扰边,用公计,封赵保忠守夏台故地,因令灭之。保忠翻与继迁合谋为边患。河西极扰,咎归于公,因不得专政,诏令参政更掌印押班奏事，分其权也。旧制，宰相报到，未刻方出中书。会岁大热，特许公才午归第，遂为永制。年七十一，病久无生意，解所宝双鱼犀带，遣亲吏甄潜者诣上清太平宫醮星露，恳以谢往咎。上清道录姜道玄为公叩幽都，乞神语。神曰："赵某，开国忠臣也。奈何冤累，不可逃。"道玄又叩乞所冤者，神以淡墨一巨牌示之，浓烟罩其上，但牌底见"大"字尔。潜归，公力疾冠带出寝，涕泣受神语，闻牌底"大"字，公曰："我知之矣，此必秦王廷美也。然当时事曲不在我，渠自与卢多逊遣堂吏赵白交通，其事暴露，自速其害。岂当咎予？但愿早逝，得面辨于幽狱，曲直自正。"是夕，普卒。上感悼涕泗，自撰神道碑，八分御书赐之。

真宗中年，多或不豫，欲权弭听断，养和于西林园，即太清楼也。议委政于皇太子，加冠监国，用王沂公曾以辅之。时中丞王臻不喻上意，议方下，遽以疏上云："臣闻欲行皇子冠，《左传异议》曰：'以星终为年纪，十二而一周，于天道备。'所以人君十二始冠。冠，弁也，行之于庙。汉已还，闲有即位而冠者，皆出于不得已也，故改其名为加元服，皆汉儒因事旋讲，实非古也。《冠义》云：'冠者，礼之始也，王教之本。'今皇子未成，俾冠而临国，冠道未成，不冠而监，岂可以童子之道理焉？唐景云二年，睿宗欲以皇太子监国，召三品以上官建议，群臣莫敢对者。臣窃谓兹事体重，陛下春秋未高，伏望陛下念万国调顺气剂，存真纳和，不必过计，社稷万灵，扶拥圣履"云。时以政出宫闱，不敢妄决，议者遂寝。

昝太尉居润，博州人。不识字，每按牍，以左手捉巨笔一画，画长寸余，虽狡史善诈也，摹之则败。沈相伦在幕府，谓所亲曰："吾观沈推官五载未曾安发一笑一语，行步端重，如履庙堂，吾见则礼敬之，必为宰相。"遂力荐于太祖，称沈沉厚可用。后果作相。昝恨其不知书，昝氏子孙皆召于家，建学立师傅，如己子教之，以报其知人之德也。

太祖采听明远，每边阃之事，纤悉必知。有间者自蜀还，上问曰："剑外有何事？"间者曰："但闻成都满城诵朱长山《苦热》诗曰：'烦暑郁蒸无处避，凉风清冷几时来？'"上曰："此蜀民思吾之来伐也。"时虽已下荆楚，孟昶有唇亡齿寒之惧，而讨之无名。昶欲朝贡，王昭远固止之。乾德三年，昶遣谍者孙遇赍蜡丸帛书，间道往太原，结刘钧为援，为朝廷所获。太祖喜曰："兴师有名矣。"执间者，命王全斌率禁旅三万，分路讨之。俾孙遇指画山川曲折、阁道远近，令工图之，面授神算，令王全斌往焉，曰："所克城寨，止籍器甲刍斛尔，若财帛尽分给战士。"王师至蜀，昶遣王昭远帅师来拒，未几，相继就擒，昶始降，执昶赴阙。大将王仁赡自南剑独先归阙，乞见，恐己恶暴露，历数全斌等数将贪黩货财，弛纵兵律，为所诉，反欲自毙。太祖笑谓仁赡曰："纳李廷珪妓，擅开丰德库取金宝，此又谓谁耶？"仁赡惶怖，叩伏待罪。上又曰："此行清介畏慎，但有曹彬一人尔。"台臣请深治征蜀诸将横越之恶，太祖尽释之。

魏人柴公以经义教授里中，有女子备后唐庄宗掖庭，明宗入洛，遣出宫，父母往迎之。至洛遇雨，逾旬不能进。其女悉以衾具计直十万，分其半与父母，令归大名，曰："儿见沟旁邮舍队长，黯色花项为雀形者，极贵人也，愿事之。"父母大愧之，知不可夺，问之，即郭某，乃周祖也。因事之，执箕帚之礼。一日，谓其夫曰："君极贵不可言，然时不可失，妾有五万，愿奉君以发其身。"周祖因其资得为军司。其父柴公，平生为独寝之人，传司冥间事，一日晨起，忽大笑，妻问之，不对，但笑不已。公惟喜饮，妻逼极醉，因漏泄其事，曰："花项汉将为天子。"后果然。

王彦俦，上蔡人，五代之际，为本郡军校，材质雄伟，刚毅有谋，勇冠群卒，久欲奋发，而无其端。一旦，同列辈六人者语彦俦曰："天下纷纷，能者可立。吾辈何忍端坐，以温饱自堕耶？可相共起事，以图富贵乎？"彦俦私自计曰："此六人者，死气侵面，是为我启迹也。"遂许之曰："吾今夜正当宿直，君辈可持短兵入，吾奉为内应，富贵之来，不出今夕。"六人者喜，是夜皆至。彦俦伏甲于内，尽杀之，持其首诣阁，泣告刺史曰："巡警无状，致奸盗窃发，已伏其罪矣。愿公亲出以抚众。"刺史惊喜而出，方慰劳次，彦俦立斩之，遂据上蔡。明日，籍其六家。郡中震恐，无敢动者。后朝廷力讨之，势不能守，奉其母奔金陵郡。李先主特喜其来，至其家亲拜其母，以彦俦为和州刺史。

一巨商姓段者，蓄一鹦鹉甚慧，能诵《陇客》诗及李白《宫词》、《心经》。每客至，则呼茶，问客人安否寒暄。主人惜之，加意笼豢。一旦段生以事系狱，半年方得释，到家，就笼与语曰："鹦哥，我自狱中半年不能出，日夕惟只忆汝，汝还安否？家人喂饮，无失时否？"鹦哥语曰："汝在禁数月不堪，不异鹦哥笼闭岁久。"其商大感泣，遂许之曰："吾当亲送汝归。"乃特具车马携至秦陇，揭笼泣放，祝之曰："汝却还旧巢，好自随意。"其鹦哥整羽徘徊，似不忍去。后闻常止巢于官道陇树之末，凡吴商驱车入秦者，鸣于巢外问曰："客还见我段二郎安否？"悲鸣祝曰："若见时，为道鹦哥甚忆二郎。"余得其事于高虞晋叔，事在熙宁六七年间。

庆历壬午岁，王师失律于西河好水川，亡没数巨将刘平、葛怀敏、任福等，石元孙陷虏。急奏入，已旬余，大臣固缓之。仁宗因御化成殿，一宽衣老卒拥帚扫木阴下，忽厉声长叹曰："可惜刘太尉！"上怪问："何故独语？"此老卒曰："官家岂不知刘太尉与五六大将一时杀了？"上惊问："汝何闻此？"老卒因舍帚，解衣带书进呈曰："臣知营州西虎翼一营尽折，臣婿亦物故于西阵，此书乃家中人急报也。"上以书急召执政视之，大臣始具奏："臣实得报，恐未审，候旦夕得其详，方议奏闻，乞自宽圣虑。"上厉声曰："事至如此，犹言自宽圣虑，卿忍人也！"冢宰因谢病，乞骸骨。

卢文进，范阳人，少从军，身长八尺，姿貌伟异，名振燕、蓟。与庄宗连兵于两河，屡战获胜。一夕忽败，夜走，马坠涧中，才及水，一跃而出。明日视之，乃郡之黑龙潭，绝岸高险，深不可测。文进知有神助己，气因复振，收余众，会食于野。一巨蛇长十丈余，径至坐所，众皆奔避，独文进不动。蛇引首及膝，文进以匕箸取食饲之讫，蛇蜿蜒方去。奔败之余，物情疑阻，举众入契丹。虏主厚遇，使率兵救镇、冀，又与庄宗连战。明宗即位，老思南土，部曲皆华人，复还中国。明宗亲加宴劳，因诏得封大将军。八十二，无病卒。卒之日，星殒于寝，大如杯，文进嘘赤光丈余，与星相接。

王舆为江南杨氏军中小校，少从军，围润州，中巨弩射右耳，其矢穿左耳而去，旁二人中矢死之。舆卧病百余日乃愈，至老不聋，亦无瘢迹。又尝攻颍，夜有道士告之曰："旦有流星下坠，能避之则富贵不可名，不尔则毙矣。"及旦，舆拔剑倚栅木驱兵，城中飞大石，正中其栅，及舆铠甲，皆麋碎而坏，舆曰："流星乃此也。"益自贵重，终为使相。

徐登者，山东人，世传近二百岁，得异术以固龄体，搢绅所以待礼焉。郑翰林公镇荆南，唐诏彦范漕湖北，二公以广成、浮丘礼之，馆于楚望。登无他奇，朴直不矫，不以屑事干公势。毅夫尝言："登虽不以实年告人，每说周末国初事，则皎如目击，校之已百五六十岁矣。"文莹与登游郑馆岁余，惟喜饮醇酎，经月不一粒食，殊不知书。一夕，不告郑公，夜奔景陵，投道复守陈少卿宗儒以托死。死之日，亲写书到荆厚谢公，公甚嗟悼。嘱陈公曰："吾死后，当窆棺，前后以竹板二等吾身敛之。后三十年，当剖棺，此实知也。"遂殡北塔僧园。后二年，陈少卿知寿州，因事诣阙补官遣，枉道至景陵，恐其尸解，剖棺视之，则已腐败。世之昵方士者，登可鉴焉。

太宗一日幸禁林，谓朱翰林昂曰："汉宣帝最好勤政，尚五日一视朝，万务宁无壅积耶？朕则不敢辄怠也。"公因得建言："臣闻尧、舜优游岩廊之上，亦万机允正；唐太宗天下太平，房乔请三日一视朝临政；高宗寰宇宁静，长孙无忌请隔日视事。悉从。自后双日不坐，只日御视，五日一开延英，遂为通式。今庶政清简，百执犹宁居于私殿，惟陛下凝旒听览，翻无暂暇，宜三五日一临轩，养洪算，蹈太和，合动直静专之道，扃摄思虑，保御真气。"后中书知之，与台谏继陈奏请："臣等切见朱昂之请对，深协至治，仍乞徇所陈。"久而才允。

王状元曰览，天圣庚午甲科及第。元丰戊午，垂五十年，方有重金之赐。谢表特优，略云："横金三纪，未佩随身之鱼；赐带万钉，改观在廷之目。岂伊散任，得拜恩章。车服以庸，品仪辨等。国朝故事，惟二府刻球路之花；文武近班，通一例号遇仙之样。独承面命，度越朝规。此盖陛下宠厚老臣，礼加常制，悯事三朝之旧，俾阶四府之崇。奉以垂腰，既表重镠之丽；宝之在体，更增上笏之华。"

卷第七

夏侯嘉正，荆南人。刘童子者，幼瞽，善声骨及命术，谓曰："将来须及第，亦有清职，惟持声贵，自余俱弱。已俸外，别有百金横入，不病则死。"后至正言、直馆，充益王生辰使，得金币，方辇归私第，欲留之为润屋，忽一缯自地起立，久而后仆，遂感疾，月余而卒。太宗上元御楼观灯，嘉正进十韵，末句云："两制诚堪美，青云侍玉舆。"不怿，赐和以规之，有"薄德终惭举，通才例上居"之句。喜丹灶，尝曰："使我干得水银半两，知制诰一日，平生足矣。"二愿俱不遂而卒。

太祖生于西京夹马营，至九年西幸，还其庐驻跸，以鞭指其巷曰："朕忆昔得一石马，儿为戏，群儿屡窃之，朕埋于此，不知在否。"厮之，果得。然太祖爱其山川形胜，乐其风土，有迁都之意。李怀忠为云骑指挥使，谏曰："京师正得天下之中，黄、汴环流，漕运储廪，可仰亿万，不烦飞挽。况国帑重兵，宗庙禁掖，若泰山之安，根本不可轻动也。"遂寝议。拜安陵，奠哭为别，曰："此生不得再朝于此也。"即更衣，取弧矢，登阙台，望西北鸣弦发矢以定之，矢委处，谓左右曰："即此乃朕之皇堂也。"以向得石马埋于中。又曰："朕自为陵，名曰永昌。"是岁果晏驾。

李度显德中举进士，工诗，有"醉轻浮世事，老重故乡人"之句，人多诵之。王朴为枢密，止以此一联荐于申文炳知举，遂擢为第三，人嘲曰："主司只诵一联诗。"

唐陆襜《续水经》尝言："蛇雉遗卵于地，千年而生蛟龙属。汉武帝元封中，浔阳浮江亲射蛟于江中，获之，乃是也。其蛟破壳之日，害于一方，洪水飘荡，吴人谓之发洪。"余少时，尝游杭州西城县之伊山，目击此事。方晚春，忽茂草中一雌雉飞起丈余，翅翼零乱，又复入草中，数四不绝。予窃怪之，薅草往观，果一巨蛇，一雌雉，蟠结缠纠，津沫狼藉，斯须，雉惊飞，而蛇亦入草中，始验襜之说不诬。

丁文果司天监丞无他学，惟善射覆，太宗时以为娱。一日，置一物品器中，令射之。果乃课其经曰："花花华华，山中采花。虽无官职，一日两衙。"启之，乃数蜂也。又令寿王邸取一物，令射之，果曰："有头有足，不石即玉。欲要缩头，不能入腹。"启之，乃压书石龟也。即日赐绯，并钱五万。

祥符中，契丹使至，因言本国喜诵魏野诗，但得上帙，愿求全部。真宗始知其名，将召之，死已数年，搜其诗，果得《草堂集》十卷，诏赐之。魏野字仲先，其诗固无飘逸俊迈之气，但平朴而常，不事虚语尔。如《赠寇莱公》云："有官居鼎鼐，无地起楼台。"及《谢寇莱公见访》云："惊回一觉游仙梦，村巷传呼宰相来。"中的易晓，故虏俗爱之。野与孟津诗人李渎为诗友，野凿室于陕郊，曰乐天洞；渎结庐于中条山，曰浮云堂。皆树石清幽，各得诗人之趣。渎字长源，一日自孟津访别于野，曰："数夕前，忽一人来床下，诵：'行到水穷处，未知天尽时。'予犹规其误曰：'岂非"坐看云起时"乎？'答曰：'此云安能起耶？'又非梦寐，亟窥之，空无一物，此必死期先报，故来相别。"遂痛饮数夕而还，还家未几而卒。

曹武毅翰，魏人也；曹武惠彬，真定人也，二曹皆著名，人多谓之同宗。翰有宏材伟特之度，能诗，有《玉关集》。领金吾日，当直，太宗召与语曰："朕曾览卿诗，有'曾因国难披金甲，耻为家贫卖宝刀。他日燕山磨峭壁，定应先勒大名曹'颇佳，朕每爱之。"翰因叩谢。征幽州，为东路濠寨总管，善风角。一夕，角声随风至帐，翰从容摑带曰："寇至之兆也。"未几，果然，大败其寇于城下。从征幽州，率以部分攻城，忽得一蟹，翰曰："水物向陆，失依据也，而足多有救。又蟹者，解也，其将班师乎？"果然。其精敏率如此。

开宝初，太宗居晋邸，殿前都虞候奏太祖曰："晋王天日姿表，恐物情附之，为京尹，多肆意，不载吏仆，纵法以结豪俊，陛下当图之。"上怒曰："朕与晋弟雍睦起国，和好相保，他日欲令管勾天下公事。粗狂小人，敢离我手足耶？"亟令诛之。逮太宗纂承，高阳关奏："妖气夜起，横亘北陆，边情颇摇。"太宗召向相敏中于玉华殿密议之，向奏曰："臣闻崔翰领节高阳，恃功骄恣，横越兵律。陛下宜召还诛之，以厌氛祲。"上曰："是何言软？朕尝乘怒诛张琼，至今痛恨。若翰者，朕以其能，拔于行伍，遂建节旄，料渠不肯辜朕也。"止遣一词臣宣抚慰劳而已。祆祲自消，边心亦宁。

开宝九年，钱忠懿俶来朝，上遣皇子德昭迓于南京，车驾为幸礼贤宅，抚视馆饩什物，充满庭墀。俶至，诏处之。赐剑履上殿，书诏不名。妻子俱朝，封妻为吴越国王妃。召父子宴射苑中，诸王预坐。一日，赐俶独宴，惟太宗、秦王侍坐。上爱俶姿度凝厚，笑曰："真王公材。"俶拜谢，中人掖起。上遣太宗与俶叙齿为昆仲，俶循走，叩头泣谢曰："臣燕雀微物，与鸾凤序翼，是驱臣于速死之地也。"获止。时上将幸西京，乞扈从，不允，曰："天气向热，卿宜归国。"宴别于广武殿。后三年来朝，宴于长春殿，刘鋹、李煜二降王预焉。未几，会陈洪进纳土，俶情颇危蹙，乞罢吴越王，诏书愿呼名，不允。从征太原，每晨趋鸡初鸣，晓与群臣候于行在，尝假寐于寝庐。上知之，谕曰："知卿入朝太早，中年宜避霜露。"每日遣二巨烛先领引于前顿候谒而已。驾至并门，继元降，上御崇台，戮其拒王师者，流血满川。上顾俶曰："朕固不欲尔，盖跋扈之恶，势不可已。卿能自惜一方，以图籍归朝，不血于刃，乃为嘉也。"俶但叩头怖谢。非久，身留于朝，愿纳图贡，昆虫草木，亦无所伤。朝廷遣考功郎范旻知杭州，至则悉以山川土籍管钥庾廪数敬授于旻，遂起遣兵民投阙。俶最后入觐，知必不还，离杭之日，遍别先王陵庙，泣拜以辞，词曰："嗣孙俶不孝，不能守祭祀，又不能死社稷。今去国修觐，还邦未期，万一不能再扫松槚，愿王英德各遂所安，无恤坠绪。"拜讫，恸绝，几不能起，山川为之惨然。

永平中，延平津一神剑夜悬于空，光掩星斗。其剑止长三尺许，每天地澄霁，随斗而转，启明东起则没，时或浮于津面，渔者见之，近则渐沉。遂置剑州于延平津，割剑州之剑浦、汀州之沙县隶焉。

文莹至长沙，首访故国马氏天策府。诸学士所著文章擅其名者，惟徐东野、李宏皋尔。遂得东野诗，浮脆轻艳，皆铅华妩媚，侑一时尊俎尔。其句不过"牡丹宿醉，兰蕙春悲，霞宫日城，蒻红铺翠"而已。独《贻汪居士》一篇，庶乎可采，曰："门在松阴里，山僧几度过。药灵园不大，棋妙子无多。薄雾笼寒径，残风恋绿萝。金乌兼玉兔，年岁奈君何？"又得宏皋杂文十卷，皆胼枝章句，虽龌龊者亦能道。信乎，文之难也。

钱熙，泉南才雅之士，进《四夷来王赋》万余言，太宗爱其才，擢馆职。有司请试，上笑曰："试官前进士赵某亲自选中。"尝撰《三钓酸文》，举世称精绝，略曰："渭川凝碧，早抛钓月之流；商岭排青，不逐眠云之侣。"又曰："年年落第，春风徒泣于迁莺；处处羁游，夜雨空伤于断雁。"其文千言，率类于此。卒，乡人李庆孙为诗哭之曰："《四夷》妙赋无人诵，《三钓酸文》举世传。"

翰林郑毅夫公，晚年诗笔飘洒清放，几不落笔墨畛畦，间入李、杜深格。守余杭日，因送客西湖，舣舟文莹旧居，留诗于壁云："春入萝途静，浪花翻远晴。"又："东飞江云北飞燕，同寄春风不相见。"又《余杭郡阁》云："雨影横残虹，秋容阴映日。寒江带暮流，晚角穿云出。云峰翠如织，宿鸟去无迹。封书写所怀，聊托荆门翼。"又《罢翰林行次南都遇雨》云："雨声飘断忽南去，云势旋生从北流。料得凉风消息好，萧萧已在柳梢头。"又："老火烧空未拟收，急惊快雨破新秋。晚云浓淡落日下，只在楚江南岸头。"时颇讶其气象不远。后解杭麾，将赴青社，以病困泊舟楚岸，遂卒。其语已兆于先。

尝谓文老不衰者，止见今大参元厚之绛。顷在禁林，《怀荆南旧游》云："去年曾醉海棠丛，闻说新枝发旧红。昨夜梦回花下饮，不知身在玉堂中。"词气略不少衰。又曾鲁公垂八十，笔力尚完。时曾子宣内翰谪守鄱阳，手写一柬慰之，略云："扶摇方远，六月去而不息；消长以道，七日自当来复。"吾友中秘书杨经臣，博赡才雅，而尝诵之经日，谓余曰："此非知其然，而为神驱于气使之为尔。"

开宝九年正月，乾元殿受降王朝，扈蒙参定其议。有李朴请诛之制，甚繁，具本文。蒙继上《圣功颂》，次年将东封，又进御札草。上爱之，批于纸尾，奖之云："《圣功颂》及此辞，无一字可议。"后应制后苑，诗有"微臣自愧头如雪，也向钧天侍玉皇"。上和以赐曰："珍重老臣纯不已，我惭寡昧继三皇。"为之美传。

杨信，高杨人，忠朴，善御士卒。开宝二年，为散指挥，廨舍直大内之北。一夕中夜，忽梦巨龟衔敕叩其寝，信惊起披衣曰："大庭必有警。"果太祖开玄武门，急召信入禁中，擒叛党杜廷进三十九人，阴以姓名授之。黎明，尽为信所捕，擒至便殿，不用吏鞫，面讦得实，悉戮于市。信忽患瘖，太祖惜其善抚辖，以重兵之柄委之。虽不能语，而申明纪律，严肃有度。有童曰玉奴者，天赋甚慧，善揣信意。凡奏事及指挥军律，宾客语论，但回顾玉奴，画掌为字，悉能代信语，轻重缓急，便否避就，尽协其意。病将革，忽能语，太宗异骇，亲幸其第。信力疾扶于榻，感泣叙留，音词明彻，至死犹叩头乞严边备，毋忽亭障。信泣，太宗亦泣。至翌日卒，赐瑞玉小玦为含。

　　田重进，范阳人，不识字，忠朴有守。太宗在藩邸，以酒饵赐之，拒而不受。使者曰："晋王赐汝。"重进曰："我只知有官家，谁人能吃他人酒食乎？"人语太宗，极许之。后郑文宝出漕陕右，上嘱付曰："田某先帝宿将，勇毅宣力，卿为朕善待之。"

　　太原既平，刘继元降王随銮舆，将凯旋，而三军希赏，诸将遽有平燕之请，未敢闻上。崔翰者，晋朝之名将也，奏曰："当峻坂走丸之势，所至必顺。此若不取，后恐噬脐。"上然之，改銮北伐，功将即而班师，因整旅徐还。无何，至金台驿，王师失利，间或南溃者数千骑。上遣翰以兵追之，翰奏曰："但乞陛下不问奔溃之罪。臣愿请单骑独往，当携之而归。"上许之。翰棰马独往追之，将及，扬鞭大呼："诸君不须若尔，何伤乎？料主上天鉴，处置精明，君等久负坚执锐，卫驾远征，一旦小忿，岂不念父母妻子忆恋之苦耶？上特遣吾邀尔辈同还，宜知几速反。"众稍稍听从，遂收身而还。夜半至营，各分部直，鸡犬亦不鸣。上喜，密解金带赐翰曰："此朕藩邸时所系者。"

　　端拱中，或言威虏军粮运不续，虏乘其虚，将欲窥取。朝廷亟遣大将李继隆发镇、定卒万余，护送刍粮数千辐车，将实其廪。虏谍报之，率精锐万余骑邀于中道。时尹继伦为沿边都巡检，领所部数千巡徼边野，忽当虏锋，虏蔑视而不顾，径欲前掠。伦谓麾下曰："虏气锐于进，吾当卷甲衔枚，掩其后以击之。蛇贪前行，必忘其尾，岂虞我之至耶？"遂饱秣饫膳，伺其夕，怀短兵暗逐其后。至唐河，天未明，虏骑去我军将近，遂释鞍会食。食罢，将战，伦举兵一麾，如拉枯折朽。胡雏越旦举匕方食，短兵击折一臂，乘马先遁，一皮室击死之。皮室者，虏相也。分飞溃乱，自蹂践，北窥之患遂已。继伦面色黧，胡人相戒曰："'黑大王'不可当。"后淳化中，著作孙崇谏陷北归，太宗召见，面诘虏庭事，崇谏备奏唐河之役，上始尽知，叹曰："奏边者忌其功，不状其实以昧朕，非卿安知？"遂加防御使。

贾黄中乃唐造《华夷图》丞相耽四世孙，七岁举童子，开头及第。李文正昉以诗赠之："七岁神童古所难，贾家门户有衣冠。七人科第排头上，五部经书诵舌端。见榜不知名字贵，登筵未识管弦欢。从兹稳上青霄去，万里谁能测羽翰。"后淳化中，参太宗大政。性极清畏。尝知金陵，一日案行府寺，睹一隙舍扃镝甚严，公怪之，因发钥，得宝货数十巨积，乃故国宫闱所遗之物，不隶于籍，数不可计。公亟集僚吏，启其封，悉籍之，以表上。上叹曰："贪黩者，籍库之物尚冒禁盗，况亡国之遗物乎？"赐钱三百万，以旌其洁。事母孝，不幸年五十六，先母而逝，太宗恤其家。既葬，其母入谢，上面抚之："勿以诸孙及私门之窘自挠，朕常记之。"

梁丞相适顷为详议官，审刑议事厅旧在中书之旁、廨舍院之右，朋僚亲昵者往往时过笑语。公以政堂逼近，窃不自安，因命笔题厅之东，告来者曰："紫垣甚近，黄阁非遥。僚友见过，幸低声笑语。适谨启。"后紫垣、黄阁不十年登之，语兆之应也若此。公之祖颢，字太素，郓人，登雍熙二年甲科。司谏、知诰、群臣封事悉付公并薛公映详定可否，多所弃斥。子固，字仲坚，用父荫赐进士出身。服阕，诣登闻，让前恩命，愿乡举，果祥符二年亦擢甲科。

钱文僖若水尝率众过河，号令军伍，分布行列，悉有规节，深为武将所伏。上知之，谓左右曰："朕尝见儒人谈兵，不过讲之于樽俎砚席之间，于文字则引孙、吴，述形势皆闲暇清论可也，责之于用，则临事罕见有成效者。今若水亦儒人，晓武可嘉也。"时北戎犹扰，上密以手札访之，公奏曰："制边灭戎之策无他，臣闻唐室三百年，而魏博一镇屯戍甚少，不及今日之盛，犬戎未尝侵境。盖幽、蓟为唐北门，命帅屯兵以镇之，稍有侵轶，则呼噜应敌。"时言者请城绥州，积兵以御党项，诏公自魏乘传疾往按，至则乞罢，时论韪之。上尝谓左右曰："朕观若水风骨透迈，神仙资格，苟用之，则才力有余。朕止疑其寿部促隘，果至大用，恐愈迫之。"其后果夭。

卷第八

太宗御厩一马号"碧云霞",折德扆获之于燕涧,因贡焉。口角有纹如碧霞,夹于双勒,圉人饲秣,稍跛倚失恭,则蹄啮吼喷,怒不可解。从征太原,上下冈阪,其平如砥。下则伸前而屈后,登高则能反之。太宗甚爱,上樽余沥,时或令饮,则嘶鸣喜跃。后闻宴驾,悲悴骨立。真宗遣从皇舆于熙陵,数月遂毙。诏令以敝帏埋桃花犬之旁。

党进者,朔州人,本出溪戎,不识一字。一岁,朝廷遣进防秋于高阳。朝辞日,须欲致词叙别天陛,阁门使吏谓进曰:"太尉边臣,不须如此。"进性强很,坚欲之。知班不免写其词于笏,俟进于庭,教令熟诵。进抱笏前跪,移时不能道一字,忽仰面瞻圣容,厉声曰:"臣闻上古,其风朴略,愿官家好将息。"仗卫掩口,几至失容。后左右问之曰:"太尉何故忽念此二句?"进曰:"我尝见措大们爱掉书袋,我亦掉一两句,也要官家知道我读书来。"

兴国中,太宗召陈抟赴阙。抟隐华山云台观,年百余岁。世宗拜谏议,不受。始四五岁时,戏涡水侧,一青衣媪抱置怀中乳之,曰:"令汝更无嗜欲之性,聪悟过人。"先生有高识,尝戒门人种放曰:"子他日遭逢明主,不假进取,迹动天阙,名驰寰海。名者,古今之美器,造物者深忌之。天地间无完名,子名将起,必有物败之。戒之!"放至晚节,侈饰过度,营产满雍、镐间,门人戚属以怙势强并,岁入益厚,遂丧清节,时议凌忽。王嗣宗守京兆,乘醉慢骂,条奏于朝,会赦方止。祥符八年岁旦,山斋晓起,服道衣,聚诸生列饮,取平生文稿,悉焚之,酒数行而逝。奇男子也。

苏内翰易简在禁林八年,宠待之优,复出夷等。李相沆入玉堂后于苏,一旦先除参政,以公为承旨,赍与参政等。苏不甚悦,上谓公曰:"朕欲正旧典,先合用卿,即正台宰,然庶欲令卿延厚寿基,稔育闻望,乃先用沆,卿宜无慊。"盖知其龄促也。公以母老,急于进用,因乾明圣节,进《内道场醮步虚》十首,中有"玉堂臣老非仙骨,犹在丹台望泰阶"。上悉其意,俾参大政,未几卒,年三十九。上嗟悼,为之雪涕,赐挽词,断云:"时向玉堂寻旧迹,八花砖上日空长。"

王沔字楚望,端拱初参大政,敏于裁断。时赵韩王罢政出洛,吕文穆公蒙正宽厚,自任中书,多决于沔。旧例,丞相待漏于庐,然巨烛尺尽始晓,将入朝,尚有留案遣决未尽。沔当漏舍,止然数寸,事都讫,犹徘徊笑谈方晓。上每试举人,多令公读试卷。素善读书,纵文格下者,能抑扬高下,迎其辞而读之,听者无厌,经读者高选。举子当纳卷,祝之曰:"得王楚望读之,幸也。"

王参政化基,兴国二年及第于吕蒙正榜,释褐授赞善、知岚州。赵韩王学术平浅,议以骤进之少年,无益于治,特诏改淮幕。公叹曰:"不幸丞相以元勋自恃,特忌晚进,男儿既逢明时,岂能事幕府,承迎于婉画之末乎?"抗疏自荐,表称"真定男子"。公常慕范滂有揽辔澄清天下之志,遂撰《澄清疏略》,皆切于时要。太宗壮之,曰:"化基自结人主,慷慨之俊杰也。"亟用之,由著作郎、三司判官、左拾遗,召试中丞,补阙知制诰。翘楚有望,尤善为诗,《感怀》有"美璞未成终是宝,精钢宁折不为钩"之句,可见其志矣。后参大政,赵镕以宣徽使知密院,上特命参政班在宣徽之上。

唐彦猷侍读询、弟彦范诏,俱擅一时才雅之誉。彦猷知书好古,彦范文章气格高简不屈,疏秀比六朝人物。尤精翰墨,遣一小札,亦华笺妙管,详雅有意。忽一客携黄筌《梨花卧鹊图》求货,其花画全株,卧两鹊于花中,敛羽合目,其态逼真,合用价数百缗。彦猷蓄画最多,开箧以蜀之赵昌、唐之崔彝数品花较之,俱所不及。题曰"锦江钓叟黄筌笔"。彦猷偿其半,因暂留斋中少玩,绢色晦淡,酷类古缣。彦猷视其图角有巨印,徐少润揭而窥之,乃和买绢印。彦范博知世故,大笑曰:"和买绢始于祥符初,因王勉知颍州,岁大饥,出府钱十万缗于民,约曰:'来年蚕熟,每贯输一缣,谓之和买,自尔为例。'黄筌,唐末人。此后人矫为也。"遂还之,不受其诬。

徐骑省铉事江南后主为文馆学士,随煜纳图。太宗苛责以不能讽煜早献图贡,铉对曰:"臣闻四郊多垒,卿大夫之辱也。为人谋国,当百世不倾,讽主纳疆,得为忠乎?"太宗神威方霁,曰:"今后事我,亦当如是。"铉不幸,为学士,坐请求尹京张去华以一亲故注重辟,讽去华上言,贯索星见,请曲赦畿狱,坐是削官,为静难行军司马。后端居不出,铭其斋以自箴,曰:"爰有愚叟,栖此陋室。风雨可蔽,庭户不出。知足为富,娱老以佚。貂冠蝉冕,虎皮羊质。处之恬然,永终尔吉。"竟卒于邠。铉晚年于诗愈工,《游木兰亭》云:"兰舟破浪城阴直,玉勒穿花苑树深。"《观水战》云:"千帆日助阴山势,万里风驰下濑声。"《病中》云:"向空咄咄频书字,与世滔滔莫问津。"《谪居》云:"野日苍茫悲鹏舍,水风阴湿敝貂裘。"《陈秘监归泉州》云:"三朝恩泽冯唐老,万里江关贺监归。"《宿山寺》云:"落月依楼角,归云拥殿廊。"弟锴词藻尤赡,年十岁,群从燕集,令赋《秋声》诗,顷刻而就,略云:"井梧分堕砌,塞雁远横空。雨滴苔莓紫,风归薜荔红。"尽见秋声之意。

至道二年,曹璨自河西驰骑入秦,贼迁万余众寇灵州。上问吕相端、赵枢密镕平戎之略,吕奏曰:"容臣等共陈利害,为一状进呈。"时张洎对上前,斥端曰:"居启沃之地,君问即对。边城之急,岂容冥搜抒思,检阅补缀,深失讦谟之体。"端奏曰:"洎不过揣摩陛下意尔。"上为之默笑。洎善事内臣,动息先知,盖上意久欲弃之。果翌日,先于两府独抗一疏,盛言"乞弃灵武,深边馈运,斗粟硕费,刍车野宿,孤迥难援。泉源高涸,莫屯厚兵"云。上谓向敏中曰:"洎果为吕端所料。朕尝不喜刘蟠辈动即迎合,以卜朕意。今洎亦然。"以疏还之,谓洎曰:"卿所陈,朕不会一句。"顷在翰苑,眷遇特厚,凡篇章褒答,止谓之翰长,儒臣由此少解焉。

寇莱公给事中,知吏部选,时张洎亦为给事中,掌考功。官序虽齐,视洎乃为属曹。寇少年进用,才锐气勇,复为首曹,慊洎不以本司官长奉己。洎又以老儒宿德闻望自持,不肯委节事寇。洎坐,寇视事罢,则整巾对书,终日危坐,伺候于省门,一揖而退,不交一谈。寇一日忽作《庭雀》一诗玩洎,略曰:"少年挟弹多狂逸,不用金圆用蜡圆。"盖讥洎顷在江南重围中为李煜草诏于蜡圆中,召上江救兵之事也。洎不免强颜附之。后稍亲昵,其辨诵谈笑,横飞于席间。寇胸中素蕴养畜不发者,尽为洎藉而取之,因是大伏,遂推挽于朝,力加荐擢。

太宗推敦台宪,动畏弹奏。雍熙九年,春宴,上欢甚,时滕中正权中丞，上谓群臣曰："朕所乐者，非歌舞樽罍，盖时平民康，与卿等放怀同庆尔。"顾中丞曰："三爵之饮宴，实为常礼。朕与群臣彻常算，快饮数杯可乎？"中正奏曰："臣闻文王在镐，与鱼藻同乐。古之诫者，但恐湎淫失度尔。今君臣熙洽，穆穆皇皇，微臣敢不奉诏。"殿上皆呼万岁。遂以虚爵遍授，俾恣饮焉。

孔承恭上言，举令文"贱避贵"之类四条，乞置木牌立于邮堠，以为民告诉。行之。一日，太宗问承恭曰："令文中贵贱、长少、轻重各有相避并讫，何必又云'去避来'，此义安在？"承恭曰："此必戒于去来者，互相回避尔。"上曰："不然。借使去来相避，止相憧憧，于通衢之人密如交蚁，乌能一一相避哉？但恐设律者别有他意。"其精悉若是。

太宗深惜民力，擢樊知古为谏议、河北东西都转运使，自樊始也。奏请修河北诸城，计木五百万条，畚锸什具七百万事。上曰："大河乃天设巨堑，以限夷夏。匈奴岂有违天限之势乎？万里长城，金汤之固，又奚为哉？重困吾民，损和伤事，所陈过当，宜罢之。"诏有司量给材用修整。知古，江南人，无乡里之爱，举于乡，不获第，因谋北归，献计于朝。以钓竿渔于采石江凡数年，横长绳量江水之广深，绳或中沉，阴有物波低助起，心知其国之亡，遂仗策谒太祖，奏曰："可造舟为梁，以济王师，如履坦途。"送学士院，本科及第，遣湖南督匠造黄黑龙船于荆南，破竹为索，数千舰由荆南而下。舟既集，就采石矶试焉，密若胼胁，不差尺寸。知古旧名若冰，太祖以其声近"弱兵"之厌，故改之。江南平，为侍御史，邦人怨之，累世丘木悉斩焉。

太宗亲征北虏，师还途中，御制诗有"銮舆临紫塞，朔野冻云飞"。遂令何蒙进《銮舆临塞赋》《朔云飞》诗，召对嘉赏，授赞善。诗有"塞日穿痕断，边云背影飞。缥缈随黄屋，阴沉护御衣"。俄一县尉宋捷者，庸督护辇道，倚其姓名之谶，旋构一官。因而章疏歌颂，杂进不已，诸科亦扣行在，乞免文解，其表面签题云："进上官家赵。"涊淟旒扆，有司亟请随驾至银台，应奏御文字，先经本台封驳方进，因而少戢。

许骧知益州归，首奏曰："乞预为剑外之备。"上怪问之，骧曰："臣解秩时，实无烽警。蜀民浮躁，易扰难安，以物情料之，但恐狂啸不测。”既而不久，李顺果叛，时皆伏其先见。朝廷遣王继恩讨之，既平，除张乖崖知益州。继恩等素失督御之略，师旅骄狠。咏密奏，乞命近臣分屯师旅，以杀其势。朝廷命张鉴往，上召对后苑。鉴虽进士，本出身将家，奏曰：“成都新复，军旅未和，闻使命遽至，贸易戎伍，虑有猜惧，变生不测。乞假臣一安抚之命，臣至彼自措置。”上嘉纳。后果以川峡分为益、梓、利、夔四路。代还，拜谏议。

　　朝廷议城古威州，遣访郑文宝公，奏曰：“欲城威州，不若先建伯鱼、青冈、清远三城为顿归师之重地。俟秦民稍苏，辟营田，积边粟，修五原故积之地，党项之酋豪，为我鹰犬。若尔，则不独措注安西，亦可绥服河湟。此定边之胜策也。”朝廷从之。建兴三城之役，费缗粟数十万计，西民苦之，一夕尽为山水荡去。又奏减解池盐价，损课二十万缗。贬蓝山、枝江、长寿三县令，累年方牵复工部员郎、转运使。文莹顷游郢中二邑，僧壁尚有公之诗，《郢城新亭》曰：“每到新亭即厌归，野香经雨长松围。四檐山色消繁暑，一局棋声下翠微。冰片角巾簪涧月，锦纹拳石砌苔矶。近来学得笼中鹤，回避流莺笑不飞。”《寒食访僧》云：“客舍愁经百五春，雨余溪寺绿无尘。金花开处秋千鼓，粉颊谁家斗草人。水上碧桃流片段，梁间新燕语逡巡。高僧不饮客携酒，来劝先朝放逐臣。”篇篇清绝，不能尽录。公闻云州陷，衣胡服，引单骑，冒雪间道走清远故城，得其实，奏请班师。

　　太宗居晋邸，知客押衙陈从信者，心计精敏，掌功官帑，轮指节以代运筹，丝忽无差。开宝初，有司秋奏：“仓储止尽明年二月。”太宗因诘之。信曰：“但令起程即计往复日数，以粮券并支，可责其必归之限。运至陈留，即预关主司，戒运徒先候于仓，无淹留之弊，每运可减二十日。楚、泗至京，旧限八十日，一岁止三运，每运出淹留虚程二十日，岁自可增一运。”太宗以白太祖，遂立为永制。一岁，晋邸岁终筹攒年费，何啻数百万计，惟失五百金，屡筹不出。一苍头偶记之：“晋王一日登府楼，遥观寻橦者，赏叹精捷，令某府取库金与之。时信不在，后失告之。”魏丕为作坊使，旧制，床子弩止七百步。上令丕增至千步，求规于信。信令悬弩于架，以重坠其两端，弩势负，取所坠之物较之，但于二分中增一分以坠新弩，则自可千步矣。如其制造，后果不差。

景祐元年,张唐卿榜赐恩泽出身、章服等,制诰词略云:"青衿就学,白首空归。屡陈乡老之书,不预贤能之选。靡负激昂而自励,止期华皓以见收。"仁宗怒曰:"后世得不贻其子孙之羞乎?"御笔抹去。宋郑公别进云:"久沦岩穴,夙蕴经纶。莺迁未出于乔林,鹗荐屡光于乡校。纵謦诚亏于远到,博风勉屈于卑飞。"上颇悦。

安鸿渐滑稽轻薄。或传凌侍郎策世绪本微,其父曾为镇所由,公方成童,父携拜鸿渐,为立一名。渐因命名曰"教之",安言所由生也。鸿渐老为教坊判官,凌公判宣徽院,乐籍隶焉,亦微憾之。一日,谓之曰:"汝,今世之一祢衡尔。才虽不逮,偶免一烹焉。"

杜文正镐,江南集贤校理澄心堂,归朝直秘阁。上幸太阁,询经义,敷对称旨,赐金紫。景德中,为近侍,扈从澶渊之幸。洎凯旋,銮驾还阙日,有司空行宫,适当懿德皇后忌辰,上疑回銮鼓吹鏊管非便,时公为仪仗使,已先驰还阙,备迎驾之仪,遂驰骑问公。公即奏曰:"于义无害。武王载木主伐纣,时居丧,尚前歌后舞,况忌者乃追远存思尔。"公凡戒检书吏曰:"某事,在某书某卷、几叶几行。"覆之,未尝有差。

真宗诏卿士举贤良,翰林朱公昂举陈彭年。陈以家贫,无赘编可投之备入削,奏乞终任,不愿上道。杜龙图镐、刁秘阁衎列章奏曰:"朱昂端介厚重,不妄举人,况彭年实有才誉,幼在江左,已为名流所重,乞不须召试,止用昂之举,诏备清问可也。"乃以本官直史馆。

卷第九

李 先 主 传

唐祚告绝,江南始有国。广陵杨氏,当天祐戊寅间,江、淮无主,奄三十郡,自建正朔,制度草创。后授于李氏,方能渐举唐室宪章,命尚书陈濬专修《吴史》,未成而濬没。建隆、乾德间,史官高远著《吴录》二十卷,未参本朝之史。会远遽卒史馆之内。远将病,其稿悉焚之,故江南始末,多或漏落,犹于余书杂著间有载其事者。

先主昪,字正伦,唐宪宗第八子建王恪之玄孙。其父志,去宗室悬远,遂飘游他郡,为徐州判官。安贫谨厚,喜佛书,多游息佛寺,号为李道者。主以光启四年生于彭城,会天下丧乱,因转徙濠、梁。家贫,二姊为尼。吴武王杨行密克濠、梁,主为乱兵所掠,时尚幼,行密见而奇之,育为己子。长子杨渥骄狠恣横,多或凌之。行密虑为渥所害,谓大将徐温曰:"此儿异常,吾深爱之,虑失保佑。汝无子,可赐汝养之。"温得主,致保姆,命师傅,鞠育异之。及长,身长七尺,坦额隆准,神彩鉴物。虽缓行,从者阔步追之不及,相者曰:"正所谓龙行虎步也。"瞻视明灿,其音如钟。尝泛舟渡淮,暴浪中起,舟人合噪,喧号无制,主举声指画,响出数百夫外,两岸皆闻。天祐中,童谣曰"东海鲤鱼飞上天",盖谓主素育于徐氏,后竟复唐姓。一狂僧走金陵城中,猖狂荒急,每见人则寻"飞龙子",凡十余年。逮主来为昇州刺史,狂僧见之,乃不复寻矣。

时江淮初定,守宰者皆武夫,率以兵戈为急务。主独好文,招儒素,督廉吏,德望著立,物情归美。徐知训为淮南节度使,骄侈淫虐,为朱瑾所杀,一方甚扰。主亟往代之,悉反其治,谦宽惇裕。初,知训已忌主之能,每欲加害。尝开宴,主预坐,伏剑士于室,刁彦能行酒,以爪搯主。主佯吐茵而起,偶免之。后又饮于广陵城东山光寺,会主适自京入觐,亦预焉,知训狂醒,决欲害之。其弟知谏白于主,遂鞭马急奔。知训不逞,授剑与彦能,俾急追之。彦能及于中途,但举剑扬袂遥示之,及河而止,以"奔骑难追"为白。迨知训遇害也,其父温方知其恶,将吏尽被黜责。

明年,建吴国,以主为左仆射,参大政,于是百姓始得投戈息肩。时四境虽定,惟越人为梗,主不欲渎武,专务安辑,遂许和好。戢兵薄赋,休养民力。山泽所产,公私同之。戢扰吏,罢横敛,中外之情,翕然依附,虽刚鸷狠愎者,率亦驯扰。所统仅三十余州,为太平之世者二十年。置延宾亭,待四方豪杰,无贵贱之隔。非意相干者,亦雍容遣之。漂泛羁游辈,随才而用之。缙绅之后,穷不能婚葬者,皆与毕之。义父温虽镇金陵,凡朝政但总大纲而已,台阁庶政,皆主决之。金陵司马徐玠者,性诡险,深忌于主,屡讽温曰:"辅政之权,不宜假也。请以嫡子知询代之,以收其势。"主知之,连上疏求罢政事。表将上,会温卒,知询果袭之,所为不法,不久乱萌已兆。主使谕之,亟令入朝,以逭萧墙之祸。朝廷以为左统军,悉罢兵柄。主时始专大任,秉执益谨。一旦,临镜理白髭,喟然叹曰:"丈夫此物悬于颔,壮图已矣。时不待人,惜哉!"有周宗者,广陵人,少孤贫,事主为左右给事,敏黠可喜,闻主之叹,请入广陵,告宋齐丘以禅代之事。齐丘险刻,忌其谋非己出,手疏切谏,言:"天时人事未可之际,请斩宗为谢。"主怒其专,辄将斩之,徐玠力援,获免。后数年,徐玠请禅之说行,宗方复职,后竟为枢密使。后五载,壬辰岁,出镇金陵,以长子璟为兵部尚书、参政事,如温之制。甲午岁,进封齐王,加元帅,置左右丞相,以宋齐丘佐之。丁酉十月,受吴禅,奉吴主为让皇,改年昇元,追尊考温武皇帝,子璟为吴王。以建康为西都,广陵为东都,即金陵使府为宫,但加鸱尾栏楯而已,终不改作。接见亲族,一用家人礼。昔所师友之尊长者,皆亲拜之。

初,主将受禅也,时吴之宗室临川王濛,久因废于历阳。司马徐玠素不悦于主,欲濛受禅,阴讽太尉、中书令西平王周本及赵王李德诚辈,倚以德爵勋旧之重,欲使推戴于濛,盖玠之谋也。濛闻将受禅,杀监守者,与亲信走骑投西平王周本。本已昏耄,不知时变,皆其子祚左右其事，故拒之，不令入报。濛恳祈再三，亦不许，闭中门外，执濛以杀之。本知之，怒曰："我家郎君，何不使吾一见？"濛既被害，吴室遂移，本力疾扶老，随众至建康，但劝进而已。自是心颇内愧，数月而卒，实素无推翊之诚，而主宽裕，置而不辨，及其死也，厚葬之，优恤其孤。

迁让皇于京口，以润州廨舍为丹阳宫以处之。用亲吏马恩让为丹阳宫使。让皇以世子琏嘱于主曰："吾无一事，但为选师儒之有年德者，教育吾儿，令知人伦孝让，他日不绝祀享，俾吾先血食泉下，吾志足矣。"主为选中书舍人徐善兼右庶子以教焉。琏，让皇长子也。十岁封江都王，立为太子，性淳谨好学，骨清神浅，唇缩齿露，风鉴者所不许。主受禅，封琏中书令、池州刺史，将赴上，遇寒食饮冷失节，卒于池口舟中，年十九岁。

初，先主第四女，琏纳之为妃，贤明温淑，容范绝世。及禅代，封永兴公主，闻人呼公主，则呜咽流涕，辞不愿称，宫中为之惨戚。琏卒，永兴终身缟素，斥去容饰，不茹荤血，惟诵佛书，但自称"未亡人"，朝夕焚香，对佛自誓曰："愿儿生生世世，莫为有情之物！"居延和宫，年二十四，无疾坐亡。凡五夕，光如白练，长丈余，自口而出，至敛，温软如生。主感悼哽痛，诏李建勋刻碑宫中，纪其异。

未几，将复有唐之姓，尚怀徐氏之恩，未欲骤改，不忍即言；既而诸王露奏恳请，方下议有司，及百官中外惇情，不得已，方复姓李，立唐之宗庙，祀高祖及太宗而下。追尊考温庙号义祖，封徐氏二子为王。用张居咏、李建勋平章事，张延翰为仆射。

十一月，让皇殂于丹阳宫，主丧服三年。受禅之三载夏四月，始郊祀圜丘。时当上旬，月没颇早，逮升坛之际，皎洁如昼，非日非月，至柴燎甫毕，夜景复晦，一若常夕，人咸异之。群臣请上尊号，主曰："尊称者，率皆虚美尔，且非古制。"抑请不允，下诏曰："宜寝来章，不得再上。"时全吴符瑞不辍，所奏皆抑而不纳。以张宣为鄂州节度使。宣以边功自恃，强横不法。鄂市寒雪，有民斗于炭肆者，捕而诘之，乃市炭一秤，权衡颇轻。使秤之，果然。宣斩鬻炭者，取其首与炭悬于市。主闻之，叹曰："小人衡斛为欺，古今皆然。宣置刑太过。"尽夺官，以团副置于蕲春，遣润州节度使王兴代之。时天下罹乱，刑狱无典，因是凡决死刑，方用三覆五奏之法。民始知有邦宪，物情归之。果安州节度使李全金，感慕德谊，率众来归，封全金为宣威统军。

是岁，赵王李德诚卒。德诚即建勋之父也，少时，人相曰："泰山之高，可比君福。不用寸功，日享千钟。"德诚少事吴主，独无一能，宠遇特深，为马步军使，但丰白充美，服裘乘马而已。从诸军围安仁义于润州，诸军见仁义，皆慢骂诟辱；惟德诚执礼，未尝以一语辱之。城陷，仁义执弓矢毅然坐于城上，无敢近者。久之，独呼德诚使前，曰："雀鼠小人皆骂辱吾，独汝见我有礼，且有奇相，他日至贵，吾委命于尔，以为尔功。"乃掷弓矢于地，以爱姜美玩尽赠之。德诚扶掖下城。由是擢拜，日进中书令，封赵王。子四十余人，至先主受禅，用其子建勋之谋，率诸侯劝进，以推戴之功，卒厚宠遇。杨武王诸将，惟德诚无寸功，止用谦善而已。卒年八十四。

梁王徐知谔卒，温之少子也。该明经术，风度□□，善为诗属文，好游乐，善狎侮，□□遍购古书名画。一日游蒜山，除地为广圃，编虎皮数百番为巨幄，植旗张纛，极于骄侈，自号"武帐"，会文武，大张乐饮酒以乐焉。方鼓吹振天，忽神物卷江波为大风雨，尽拔去其帐，乱飞如蝶，翳空而散。知谔单骑奔建康，感寒，遂病而卒。平日尝谓所亲曰："谚谓'人生百岁，七十者希'。吾幼享富贵，而复恣肆，一日之费，敌世人一年之给，或幸卒于七十之半已足矣。"果卒于三十五。十子，皆郡县公。

冬十月，主巡幸东都，邀故老宴于旧宅。亲戚有亡者，吊抚慰劳；勋臣义士之墓，亲设祭诔；披决囚系，逾月而归。时贡条未备，士有仗策献文、稍可采录者，委平章事张延翰收试院，量材补用，皆得其职。主有异见，人之休戚死生，皆先见之。汤悦仕吴为秘校，主受禅，用为学士。一日，谓悦曰："近觉卿神彩明焕，精芒中发，得非有异遇乎？"悦不敢隐，曰："臣数日前，夙兴颒面，流星坠盆中，惊异之际，将掬之，星飞入口。余无他遇。"主曰："卿之贵异，他日无比者。"果事三朝，后归朝为太子詹事，八十余卒。

虔州节度使王安持节请觐，遂卒于朝，年七十二。安，庐江人，少事吴武王，观战，战酣，武王坐于高阜，注目以望阵势，安捧匜器侍侧。忽阵外一执槊勇士疾走而至，径趋王座，止数十步，安始觉，左右尽凝立，瞪目前视，无一夫警者。安乃置所捧于地，取弓射之，一发而倒，徐纳弓于弢中，复捧器而立，神色不少变。武王奇之，曰："汝真有器度，当至极贵。"

冬十月，诛泰州刺史褚仁规，广陵人，暴迁至广陵盐监使。凡为治厉于威刑，民吏戢惧。所部皆富于鱼盐竹苇之产，国家每有大役，常赋不能给者，仁规视民中所有，举籍取之，以应国调，事讫偿之，略无逋负，民亦无怨，主甚赏之。仁规晚年，掊克无度，率入私门，驱掠妇女，刑法横滥。会陈觉与之有隙，密暴其状，遣御史劾之，主尽释不问。将东巡，召为靖江军使，督舟师为从，及还，遂留之，以罢其郡使，再下书责其残暴。仁规豪粗无术，乘恚上书，颇肆抵忤，几无君臣之分。下其事，委陈觉就泰州按鞫。仁规闻使者往按，大惧，遂自首。收付大理，数日赐死。

秋七月，宋齐丘罢丞相，为洪州节度使。盖齐丘屡讽主曰："天下自广明之后，崩离板荡垂四十年，诸侯角立。今才名有望，主仍江、淮频岁丰稔，兵食皆足，乃天意欲中兴土运之际，宜恢复疆宇，为万世之固。"主长叹，谓齐丘曰："吾少长军旅，睹干戈为民之害甚矣，不忍复言，苟彼安，吾亦安矣，何更求哉？先生之教，谨不敢守。"由是收权衡之柄，因黜之，以远其惑。

是年，吴越灾，宫室府库，铠甲庾廪，焚之殆尽。群臣复欲乘其弊而袭之，诸将自奋者甚众。主固拒不许，曰："人生何堪此酷也，土木当亦伤害。"乃遣使唁之，赉帑粮锸仅百余艘，以赒其急，越人德之。

显德中，周世宗即位，主遣韩熙载往朝。及归，主因问新帝容表言动及朝廷体貌，熙载盛言："惟见殿前典亲兵赵点检即太祖也。龙角虎威，凛然有异，举目顾视，电日随转，公卿满廷，为气焰所射，尽夺其色。新帝虽富威武，其厚重之态，负山河之固，但恐不及。"其后太祖即位，主方悟熙载之语。

主将近暮年，厄运所会，日渐衰谢，自世宗平淮甸，已抱唇亡之忧。无何，太祖于京城南池按甲舫战舰，日习水战。间者归报，主误猜疑,愈抱隐忧,实将平扬州也。小人因是观衅者,纷纷奔叛,竟以平吴之策献于朝。初,彭泽令薛良者,以赃贬池州文学,因不逞之臣杜著者,伪为吴商,绝建德渡,奔献策,请决秦污陂,岁溉美田数千顷亩,江南深仰焉。使阴决之以枯,岁谷廪实无仰,可俯而拾。太祖怒曰:"天产五稼,以养生民。决陂杀谷,吾其肯乎?"立命斩良并著于蜀市,下诏抚慰。主方少安,而狂妄辈因遂戢。终以城闉隘蹙,欲迁豫章,尤不逮金陵之广,上驰诏劝使仍旧,主遣熙载入朝聘谢。熙载归语主曰:"五星连珠于奎,奎主文章,仍在鲁分。今晋王镇兖、海,料非久必为太平中国之主。愿记臣语。"时乾德丁卯之岁也。

主自受代以来,台阁多俗吏,细大之务,主亲决之。末年始用儒雅,杂用简易之政,悉罢苛细,将修复典故,以为著令,因感疾,渐至残废,遂寝焉。晚为方士所误,饵硫黄丹砂,吐纳阴修之术,忽躁怒。居常最宽和,殆病,百司奏事,或厉声呵诟,然无他害。群有司案牍,果事理明白者,则收敛颜色,殷勤谢而从之。既觉数屯,多布德泽。文武官没者,子孙随收叙,不限资荫;孤露者,营其婚葬;幼未堪任及无嗣者,出内帑以赈之;死王事者,下至卒伍,皆给二年之廪。士之贵贱长幼,卒无身后之患。

先是数载前,一渔者持蓑笠纶竿,击短版,唱《渔家傲》,其舌为鸣根之声以参之,自号"回回客"。人后疑为吕洞宾,音清悲切烟波间,听者无厌。唱曰:"二月江南山水路,李花零落春无主,一个鱼儿无觅处。风兼雨,土龙生甲归天去。"人或与钱,则摆首不接。唱于金陵凡半年,了无悟者,里巷村落皆歌焉。"土龙生甲",果以甲辰岁二月殂于正寝。"鱼儿",乃向所谓鲤鱼也。歌中之语皆验焉。遣乡郡公徐邈遗表来上,太祖废视朝五日,特遣鞍辔库使梁义吊祭,赠仪典隆厚。嗣君遣冯谧乞追尊帝号,许之,谥曰孝高皇帝。议者以先主继唐昭宗之后,号当称宗。韩熙载建议,以谓"古者帝王,已失之,已得之,谓之反正;非我失之,自我得之,谓之中兴。今先主,中兴之君也,宜当称祖"。舆论是之,遂庙号烈祖,陵曰永陵。

先主幼历丧乱,备诸险易,故持兼节,以固勤托孝,谦卑自牧。身为辅相,事义祖徐温礼如庶人,稍有疾,则衣不解带,药必亲尝。温尝责诸儿曰:"汝辈能如二兄,则可以为天下范也。"

以长子璟嗣,皇后宋氏为元恭皇太后。子四人,西平王景遂、宣城王景达、保宁王景遇。

卷第十

江 南 遗 事

钟山相李建勋,少好学,风调闲粹。徐温以女妻之,衣橐之外,复赐田沐邑,岁入巨万。虽极富盛,不喜华靡,屏斥世务,喜从方外之游。遍览经史,资禀纯儒,故所以常居重地,寡断不振。其为诗,少犹浮靡,晚年方造平淡。营别墅于蒋山,泉石佳胜。再罢相,遘疾求退,以司徒致仕,赐号钟山公。或谓曰:"公未老无疾,求此命,无乃复为九华先生耶?"九华即宋齐丘,常乞骸,屡矫国主。公曰:"余尝笑宋公轻以出处,敢违素心。吾必非寿考之物,劳生纷扰,耗真蠹魂,求数年闲适尔。"尝畜一玉磬,尺余,以沉香节安柄,叩之声极清越,客有谈及猥俗之语者,则击玉磬数声于耳。客或问之,对曰:"聊代洗耳。"一轩,榜曰"四友轩"。以琴为峄阳友,以磬为泗滨友,《南华经》为心友,湘竹簟为梦友。果遂闲旷,五年而卒,江南之佳士也。

白鹿洞道士许笃,世传许旌阳之族,能持《混胎丈人摄魔还精符》按摩起居,以济人疾。含神内照,恬然无欲。忽一越人来谒曰:"吾有至宝在怀。今垂死,欲求一人付之。举世皆贪夫,无堪受者;欲沉于海,又所不忍。"出一丸石,如碧玉鸡卵,以赠笃,且曰:"古传扶桑山有玉鸡,鸣则金鸡鸣,金鸡鸣则石鸡鸣,石鸡鸣则人间鸡悉鸣矣。此石鸡卵也。张骞又曰'瑟母'。出扶桑山,流落海北岸,能噆宝玉屑,但五金砂及宝矿,碎而成屑,以卵环揽,宝末尽黏其上,不假淘汰。"笃得之,漫于金沙浣取试,揽金屑如碎麸,尽缀于卵。取烹之,皆良金也。日取百铢。笃曰:"吾此学不贪为宝,此物丧真,于道益远。"瘗于钟山之中,后竟无得者。

徐常侍得罪窜邠,平日尝走书托洪州永新都官胡克顺曰:"仆必死于邠。君有力,他日可能致我完躯,转海归葬故国,侍先子于泉下,即故人厚恩也。"未几，果遣讣来告。顺感其预托，创巨舟，赍厚费，亲自往邠迎之。舟出海隅一巨邑，忘其名，邑有东海大帝祠，帐殿严盛，祷享填委。时索湘典邑，舟未至，铉先谒之，称江南放叟徐铉。湘素闻其名，悚敬迎拜。冠服严伟，笑谈高逸，曰："仆得罪于邠，幸免囚置，放归故里，舣舟邑下，因得拜谒，仍有少恳拜闻，迨晚再谒。"语讫，失之，湘大骇。未久，津吏申："有徐常侍灵枢船到岸。"湘大感动，亟往舟，抚其孤曰："先公有真容否？"曰："有。"遂张之于津亭，果适之来谒者。湘设席感动，置醪俎，再拜以奠。迨暝，果至，曰："适蒙厚飨，多谢，实己之幸。盖少事，不得已须至拜叩。仆在江南为学士日，一里旧赍一宝带，托仆投执政，变一巨狱。仆时颇有势焰，执政不敢违。然事不枉法，以赃名挂身，恐旅梌过庙，帝所不容。君宰封社，庙籍乡版，皆隶于君。君为吾祷之，帝必无难。"湘感其诚告，为之洁沐，过己事。斋心冥祷讫，令解纤过庙，恬然无纤澜之惊。薄暮，果再至，饰小怀刺为谢，其刺题曰："铉专谢别东坡索君贤者，含喜再拜。"欻然而去。泊再开其刺，旋为灰飞。湘颇怀"东坡"之疑，后果为左谏议大夫。

庐山布衣江梦孙，浔阳人，博综经史，孝弟介洁，不妄语，不隐己过。李主召置门下，为国子司业。一旦面陈曰："迂儒无所补，平生读书，意在惠民，空言无益，愿求一官以自效。"主曰："胡为卑飞自丧其节耶？"固不许，固求之，补天长县令，以官诰示之曰："授告罢，与君无宾友之容。"指其庭曰："此地即君敛板趋伏之所也。君宁甘乎？"梦孙曰："苟遂素愿，无惮其他。"乃授之。至治所，其吏白曰："正厅凶恶，自来邑令居之，怪异不得其终。已陈设使厅矣。"江因呵曰："长民不踞正厅，非礼也。"既上事，久之，果有妖物啸梁仆瓦，喧号万状。群吏伏匿，江整衣焚香奠酒，语鬼曰："仆为令，合踞此厅。君等有祠堂林墓，安得居此耶？吾行己不欺暗室，无惧君辈。此处必有祀典尊神，吾当告之。"语讫，移榻就寝，高枕而卧，寂无见闻。后视事，率以简易仁恕为理，士民爱之。甫及满任，解秩归田。县人缘河泣涕，挽舟酷留，凡不绝者三日。主闻之，嘉叹不已，手批委曲，以美爵诱之，惇劝再任。坚然不起。耕田侍母氏，暇则以经术课诸生及子直木，后为员外郎。

王建封事李氏，为天威军都虞候，骁勇刚直，平建州，功冠诸将，擢刺史。后围福州，与诸将争功，城垂克，建封勒兵退，致坏成绩。主衔其恨，方理擅退兵者，将诛之，建封大怖，纳官以自劾。李主佯示宽厚，召还，付以精兵，稔其熟也。后果怙权，渐侵朝政。时钟谟、魏岑、李德明二三小人，以奸佞获幸，倾害忠良。建封上书历诋数子之恶，庭诤喧诟，请尽诛窜，进用公直。璟大怒曰："武世既握重兵，复干预国政，如何可事主君耶？"流池州，道杀之。才死，钟、魏等日见建封为祟，厉声曰："吾为国击邪去恶，欲诛君辈以肃朝纲，嗣君反诛于我，今奉候诸君，共辨于阴。"昼夕随之。岑等呼道士奏章告天，竟不能脱。不月余，二三子相继卒。

嗣主璟幼有奇相，惟义主徐温器之，曰："此子殆非人臣相。"温食，即命同席，南向以坐之，曰："徐氏无此孙。"温自金陵迎吴王于迎銮江，大阅水嬉，还至百家湾，向夕暴风忽起，舟人束手于骇浪中。温四望无计，遂祖褵负璟于背，回语嫔御曰："吾善游，不暇救尔辈。所保者，此子尔。"言讫，风息，若神护。璟天姿高迈，始出阁，即就庐山瀑布前构书斋，为他日闲适之计。及迫绍袭，遂舍为"开先精舍"。

吴武让皇既殂于丹阳，其族属尚居泰州廨舍，先主自受禅已还，未暇措置，迨殂，方嘱付嗣君曰："邦君皆杨氏所有，天地事物之变，偶移在我，然顺逆之势不常。吾所悯孤儿婺女，侨寄殊乡，令往泰州津敛杨族，安于京口，赒赡抚育，无令失所，男女婚嫁，悉资官给。"璟禀遗戒，遣园苑使尹延范具舟车调费，往泰般护。时王室在难，道路已乱，延范虑有他变，取子弟六十人皆杀之，惟载妇女以渡江。璟大怒，以延范腰斩，仍诛其族于市，以慰其冤。杨氏诸女二十余人，选士族嫁之，奁匣闺橐，不失常度。

江南故国，每至暮冬，淮水浅涸，则分兵屯守，谓之"把浅"。时监军吴延诏以为时平境安，当无事之际，虚费粮廪，亟令撤警。惟淮将刘仁赡熟练防淮之事，具启以为不可。未几，报周师以间者所误，半夜猝至，郡人大恐。仁赡神气闲暇，部分守御，其坚如壁。周师斩间者于岸，卷兵遂退。

　　孙忌，高密人，孤贫好学，喜纵横奇诡。时李先主辅政，忌谒之。口吃，与人初接，不能道寒温，坐顷之际，词辩锋起，不拘名理。主怜其才，辟置门下。后过江与徐玠同赞禅代之事，擢拜学士，为中书舍人，宋齐丘排出舒州观察使。州多黥隶凶人，曰"归化军"。忌因抚视不均，忽二卒白昼持刃求害于忌。贼由西门而入，忌坐东门，先见之，屏左右，厉声扬袂招之曰："吾在此。"贼已错愕，谓贼曰："尔辈杀吾未晚，大丈夫视死若归。无名而死，然亦可惜。吾死，汝辈必不免。岂不少念所亲负尔何罪，例殃其族乎？"因谕之祸福，贼渐留听。又与之约曰："吾解金带助汝急奔，有追汝者，指天地神明为殛。"贼感其言，还带而遁。其办画率类此。忌后擢拜，与冯延巳俱相。延巳丑其正，谓人曰："可惜金盏玉杯盛狗屎。"后使北周，世宗不道，甘言取悦于忌，问以江南虚实、兵甲粮廪。忌正色抗辞曰："臣为陪臣，代主以觐天王，反以此钩臣，臣肯背心卖国以苟富贵乎？惟死以谢陛下尔！"世宗命斩之。将诛，南望再拜，遥辞其主，顾左右曰："吾此一死，可羞千古佞臣贼子之颜，复何恨哉？"引颈迎刃。璟闻之，北面素服招魂，举哀至恸，其痛几绝。

　　李彦贞为楚、海州刺史，吏事精敏，声誉日益。后移寿春，惟务聚敛，不知纪极，列肆百业，尽收其利。古安丰塘溉田万顷，寿阳赖之。彦贞托浚濠为名，决塘以涨濠，濠满塘竭，遂不复筑。民田皆涸，无以供舆赋，尽卖之而去。彦贞选上腴贱价以市之，买足，再壅塘以畜水，岁积巨亿。一旦酷暑，彦贞晓凉坐安舆行田，霆震暴起，黑雾入舆，卷彦贞入杳冥中，食顷掷下，烂碎于地。俄又飞火环其舍，帑庾厩库，净无孑遗，被焚者十余人，大为兼并之戒。后主督县吏取版籍，招旧主，复还之，以警天鉴。后子孙亦以祸败。

　　晋王景遂，先主第三子，天资雍睦，美姿容，性和厚。让皇殂于丹阳，遣送葬，望柩哀恸雨泪，观者为之出涕。兄璟继位，立为储副，固让不从，改字退夫以见志。接物得人欢心，喜与宾僚宴咏，投壶赋诗。好用美玉器，每以玉器行酒，客传玩，惟赞善张易乘醉抵于地曰："轻人贵宝，殿下岂当至是耶？"坐客失色。景遂收容厚谢，撤以他器。嗣主遣易泛海使契丹，景遂手疏留之，曰："朝中如易者几希，宜朝夕左右。今泛不测之渊，投足黠虏，归朝莫准。"嗣主答曰："张易奇人，海龙王亦惧之。"景遂一日朝服，忽于空中揖让，谓左右曰："上帝诏许旌阳召吾偕往，须当行矣。"急入北堂，拜辞所生母，无疾坐亡。赠太傅，谥文成。

常梦锡，凤翔人。岐王李茂贞临镇，惟喜狗马博塞，驰逐声伎。梦锡抱学有才，虽为乡里所重，以茂贞不礼儒术，故束书渡淮至广陵，谒先主，辟置门下，洎受禅，迁侍御史。词气方毅，深识典故，擢为给事中，悉委机事。历言宋、陈、冯、魏辈奸佞险诈，不宜置左右。主深然之。事垂举而主疽，遂为群党排击，黜池州判官。起为礼部尚书，不复言事。自割地之后，公卿在坐，有言及大朝者，梦锡大笑曰："君辈尝言致君如尧、舜，何忽一旦自以大国为小朝，得无愧乎？"众皆默散。梦锡文章诗笔精赡合体，然懒于编收，故无文集。方与客坐，奄然而卒。前数日，谓所知曰："齐丘、陈觉辈败在朝夕，但恨不能延数日之命，俾吾目见。然先在泉下，俟数子之诛。"果卒不久，齐丘雉经于青阳，陈觉、李徵古杀于鄱阳道中。

宋齐丘，豫章人。天下丧乱，经籍道息。齐丘忿然力学，根古明道，宗经著书。钟氏既亡，洪州兵乱，随众东下。先主为昇州刺史，往依焉，大礼之。齐丘本字超回，歙人汪台符贻书侮之曰："闻足下齐大圣以为名，超亚圣以为字。"齐丘惭，改字子嵩。先主深欲进用，为义父徐温所恶。凡十年，温卒，方用为平章事。遂树朋党，阴自封殖，狡险贪愎，古今无之。不知命，无远识，事三朝，惟延卜祝占相者数十辈置门下。传云齐丘少梦乘龙上天，至垂老犹抱狂妄，及国家发难，尚欲因其衅以窥觊，时已年七十三矣。事败，囚于家，凿土顿穿窦以给食，因而缢焉。平生无正娶，止以倡人为偶。亦封国，无子，以从子摩诘为嗣。

世宗既罢兵，使钟谟以诚来谕曰："吾与江南大义已定，固无他虑，然人命不保，江南无备已久，后之人将不汝容。可及吾之世，缮修城隍，分据要害，为子孙之计宜矣。"璟得命，乃修建康诸郡城池，毁者坚之，甲卒寡者补之。又议迁都，璟曰："建康与敌境隔江而已，又在下流，吾今移都豫章，据上流而制根本，上策也。"群臣多不欲，遂葺洪州为南都。洪州虽为大藩，及为都邑，则迫隘丘坎，无所施力，群情不安之。下议来还，会疾作，殂于洪州，年四十六。

后主煜幼子宣城郡公仲宣，国后周氏所生。敏慧特异，眉目神采若图画，三岁能诵《孝经》及古杂文。煜置膝上，授之以数万言。因作乐，尽别其节，宫中宴侍，自然知事亲之礼，见士大夫揖让进退，皆如成人。栖霞道者，异僧也，能知往事，自钟山迎于大内，令嫔御抱出此儿见之，自能合爪于颡。栖霞曰："不祥之器也。此儿与陛下并后夙有深冤，以陛下积德，不能酷偿，故为劫恩爱，贼托掖庭，割父母之肝肠，宜善养之而勿恋。"年五岁，忽自言曰："儿不能久居，今将去矣。"因瞑目逝。周后在疾，闻之亦逝。煜悼痛伤悲，哽躄几绝者数四，将赴井，救之获免。

韩熙载才名远闻，四方载金帛求为文章碑表，如李邕焉。俸入赏赉，倍于他等。畜声乐四十余人，闲检无制，往往时出外斋，与宾客生徒杂处。后主屡欲相之，但患其疏简。既卒，愈痛之，谓近臣曰："吾讫不得相熙载，今将赠以平章事，有此典故否？"或对曰："昔刘穆之赠开府仪同三司。"乃援此制，谥文靖。主遣人选葬陇，曰："惟须山峰秀绝，灵仙胜境，或与古贤丘表相近，使为泉台雅游。"果选得梅鼎岗谢安墓侧。命集贤殿学士徐锴集遗文，藏之书殿。

寿州节度使姚景，钟离人，少贱，善事马，郡刺史刘金收为厮奴。马瘦瘠骨立者，景用唐刺史南卓养马法，饲秣爪蹄，针烙啖燔，不数月，尽良马。金暇日因至厮中，值景熟寝，二赤蛇长不及尺，戏景面上，金以杖叩胫惊之，遽入其鼻。金因奇之，引为亲事，小心厚重，以女妻之。积劳为裨将，李先主昪重其为人，使镇寿州。景无他技能，但廉畏有守。先是，属郡苦于供亿，刺史厅庑间置一巨匮，俾吏投银于中，满则易之，谓之"镇厅匮"，任内三易之，习以为常。景至，则首命去之，取与有度，诸郡颇乐。后至使相，八十三卒于位。何必读书乎？

建州老僧卓嵩明，戒检清洁，精持无怠，徒众甚盛。其目右重瞳，垂手过膝，嵩明自厌之，谓其徒曰："此吾宿世冤业，有此异相，必为身累，出家儿安用此为？"及江南收建州，以上将祖全思、查文徽率众袭建，□师夜出，隔水而战。阵酣，文徽潜师以出，继之以轻锐，腹背夹击，建人大败，逾城而遁，保建安。及归，无主，内臣李弘义者，以嵓明有重瞳之异，可立为主，遂推戴为建安主。嵓明笑谓众曰：“檀越何误耶？吾修真断妄，观身如梦，君虽推我，奈无统御之术。”果为李弘义所杀。弘义自称留后。

虔州妖贼张遇贤，循州县小吏也。县村有神降于民，与人交语，不见其形，言祸福辄中，民竞依之。遇贤因置香果于神，神谓众曰：“张遇贤是第十八尊罗汉，可留事我。”遇贤亲闻之，遂留其家，奉事甚谨。既而群盗大起，无所统一，乃祷于神，求当为主者，曰：“张遇贤当为汝主。”众因推为中天八国王，改年为长乐，辟置百官。神曰：“汝辈可度岭取虔。”群贼奉遇贤袭南康，虔州节度使贾浩始甚轻之，殊不设备，贼众蚁聚，遂至十万。遇贤自择嵓际，据白云洞造宫室。群劫四出，攻掠无度。李主璟遣都虞候严思讨之，边镐监军。璟谕镐曰：“蜂蚁空恃妖幻，中无英雄，至则可擒。”果至，连败其众。遇贤日窘，告神。神曰：“吾力谢福衰，庇汝不及，善自为处。”遂执之，斩于建康市。

徐常侍铉仕江南日，当直澄心堂，每襆被入直，至飞虹桥，马留不进，裂鞍断辔，棰之流血，掣缰却立。铉寓书于杭州沙门赞宁，答曰：“下必有海马骨，水火俱不能毁，惟沤之腐糟随毁者乃是。”铉斫之，去土丈余，果得巨兽骨，上胫可长五尺，膝而下长三尺，脑骨若段柱。积薪焚之，三日不动，以腐糟才沤之，遂烂焉。

历代笔记小说大观总目

汉魏六朝

西京杂记(外五种)　〔汉〕刘歆 等撰　王根林 校点

博物志(外七种)　〔晋〕张华 等撰　王根林 等校点

拾遗记(外三种)　〔前秦〕王嘉 等撰　王根林 等校点

搜神记·搜神后记　〔晋〕干宝 陶潜 撰　曹光甫 王根林 校点

世说新语　〔南朝宋〕刘义庆 撰　〔梁〕刘孝标注　王根林 标点

唐五代

朝野金载·云溪友议　〔唐〕张鷟 范摅 撰　恒鹤 阳羡生 校点

教坊记(外七种)　〔唐〕崔令钦 等撰　曹中孚 等校点

大唐新语(外五种)　〔唐〕刘肃 等撰　恒鹤 等校点

玄怪录·续玄怪录　〔唐〕牛僧孺 李复言 撰　田松青 校点

次柳氏旧闻(外七种)　〔唐〕李德裕 等撰　丁如明 等校点

酉阳杂俎　〔唐〕段成式 撰　曹中孚 校点

宣室志·裴铏传奇　〔唐〕张读 裴铏 撰　萧逸 田松青 校点

唐摭言　〔五代〕王定保 撰　阳羡生 校点

开元天宝遗事(外七种)　〔五代〕王仁裕 等撰　丁如明 等校点

北梦琐言　〔五代〕孙光宪 撰　林艾园 校点

宋元

清异录·江淮异人录　〔宋〕陶穀 吴淑 撰　孔一 校点

稽神录·睽车志　〔宋〕徐铉 郭彖 撰　傅成 李梦生 校点

贾氏谭录·涑水记闻 [宋]张洎 司马光 撰 孔一 王根林 校点

南部新书·茅亭客话 [宋]钱易 黄休复 撰 尚成 李梦生 校点

杨文公谈苑·后山谈丛 [宋]杨亿口述、黄鉴笔录、宋庠整理 陈师道 撰 李裕民 李伟国 校点

归田录(外五种) [宋]欧阳修 等撰 韩谷 等校点

春明退朝录(外四种) [宋]宋敏求 等撰 尚成 等校点

青琐高议 [宋]刘斧 撰 施林良 校点

渑水燕谈录·西塘集耆旧续闻 [宋]王辟之 陈鹄 撰 韩谷 郑世刚 校点

梦溪笔谈 [宋]沈括 撰 施适 校点

麈史·侯鲭录 [宋]王得臣 赵令畤 撰 俞宗宪 傅成 校点

湘山野录 续录·玉壶清话 [宋]文莹 撰 黄益元 校点

青箱杂记·春渚纪闻 [宋]吴处厚 何薳 撰 尚成 钟振振 校点

邵氏闻见录·邵氏闻见后录 [宋]邵伯温 邵博 撰 王根林 校点

冷斋夜话·梁溪漫志 [宋]惠洪 费衮 撰 李保民 金圆 校点

容斋随笔 [宋]洪迈 撰 穆公 校点

萍洲可谈·老学庵笔记 [宋]朱彧 陆游 撰 李伟国 高克勤 校点

石林燕语·避暑录话 [宋]叶梦得 撰 田松青 徐时仪 校点

东轩笔录·嬾真子录 [宋]魏泰 马永卿 撰 田松青 校点

中吴纪闻·曲洧旧闻 [宋]龚明之 朱弁 撰 孙菊园 王根林 校点

铁围山丛谈·独醒杂志 [宋]蔡絛 曾敏行 撰 李梦生 朱杰人 校点

挥麈录 [宋]王明清 撰 田松青 校点

投辖录·玉照新志 [宋]王明清 撰 朱菊如 汪新森 校点

鸡肋编·贵耳集 [宋]庄绰 张端义 撰 李保民 校点

宾退录·却扫编 [宋]赵与时 徐度 撰 傅成 尚成 校点

桯史·默记 [宋]岳珂 王铚 撰 黄益元 孔一 校点

燕翼诒谋录·墨庄漫录 [宋]王栐 张邦基 撰 孔一 丁如明 校点

枫窗小牍·清波杂志 [宋]袁褧 周煇 撰 尚成 秦克 校点

四朝闻见录·随隐漫录 [宋]叶少翁 陈世崇 撰 尚成 郭明道 校点

鹤林玉露 [宋]罗大经 撰 孙雪霄 校点

困学纪闻 〔宋〕王应麟 撰 栾保群 田松青 校点

齐东野语 〔宋〕周密 撰 黄益元 校点

癸辛杂识 〔宋〕周密 撰 王根林 校点

归潜志·乐郊私语 〔金〕刘祁 〔元〕姚桐寿 撰 黄益元 李梦生 校点

山居新语·至正直记 〔元〕杨瑀 孔齐 撰 李梦生 庄葳 郭群一 校点

南村辍耕录 〔元〕陶宗仪 撰 李梦生 校点

明代

草木子(外三种) 〔明〕叶子奇 等撰 吴东昆 等校点

双槐岁钞 〔明〕黄瑜 撰 王岚 校点

菽园杂记 〔明〕陆容 撰 李健莉 校点

庚巳编·今言类编 〔明〕陆粲 郑晓 撰 马镛 杨晓波 校点

四友斋丛说 〔明〕何良俊 撰 李剑雄 校点

客座赘语 〔明〕顾起元 撰 孔一 校点

五杂组 〔明〕谢肇淛 撰 傅成 校点

万历野获编 〔明〕沈德符 撰 杨万里 校点

涌幢小品 〔明〕朱国祯 撰 王根林 校点

清代

筠廊偶笔 二笔·在园杂志 〔清〕宋荦 刘廷玑 撰 蒋文仙 吴法源 校点

虞初新志 〔清〕张潮 辑 王根林 校点

坚瓠集 〔清〕褚人获 辑撰 李梦生 校点

柳南随笔 续笔 〔清〕王应奎 撰 以柔 校点

子不语 〔清〕袁枚 撰 申孟 甘林 校点

阅微草堂笔记 〔清〕纪昀 撰 汪贤度 校点

茶余客话 〔清〕阮葵生 撰 李保民 校点